ギリシアの聖夜

ルーシー・モンロー 作

仙波有理 訳

ハーレクイン・ロマンス

東京・ロンドン・トロント・パリ・ニューヨーク・アムステルダム
ハンブルク・ストックホルム・ミラノ・シドニー・マドリッド・ワルシャワ
ブダペスト・リオデジャネイロ・ルクセンブルク・フリブール・ムンバイ

THE GREEK'S CHRISTMAS BABY

by Lucy Monroe

Published by Harlequin Japan,
a Division of K.K. HarperCollins Japan, 2024

1

「意識が戻ってきたようです」

言葉は聞こえたが、だれの声かはわからなかった。まぶたが重くて、なかなか開けられず、最初、イーデンには白い光と動いている影しか見えなかった。なにやらまた声が聞こえてきたが、水中から聞こえてくるような感じだった。

だれかが体の右側にやってきた。

目が明るさに慣れ、光と影の正体がなんなのかわかりはじめた。

若い医師が屈《かが》みこんで、淡いブルーの目でじっとイーデンの顔を見つめていた。「ミセス・クーロス、担当医のアダム・ルイスです。気分はどうです？」

「トラックにひかれたみたいな気分だわ」舌が乾いて、腫《は》れているような気がする。

「というか、あなたの乗っていた車にトラックが突っこんできたんですよ」

頭にそのときの光景が浮かんできた。雨が降っていたっけ。濡《ぬ》れた路面、タイヤのきしる音、直進してくるヘッドライト、けたたましく鳴りつづけるクラクション。アリスティドはギリシア語と英語で悪態をついていた。彼が片腕を伸ばしてイーデンを守ろうとした直後、エアバッグが派手にふくらんだ。茶色の髪が顔にかかったのと、エアバッグのせいで視界がすっかりふさがれ、なにも見えなくなった。

重大な問題を思い出し、イーデンの手は不安げに腹部をさすった。

彼女の灰色の目は保証の言葉を求めて、医師を見つめた。「赤ちゃんは？」

救急救命士が胎内の小さな命は事故のショックに

持ちこたえられないだろうと言ったのを聞き、それがまちがいであることを祈ったのは覚えている。でも、そのあとの記憶はなにもない。

「赤ちゃんは無事ですよ」

「よかった」イーデンの全身に安堵《あんど》が広がった。

「ですが、子宮から少し出血があります。さいわい、血液中に羊水は出ていませんが、羊膜の一部が子宮壁からはがれているようです。わたしたちは赤ちゃんを救うために全力を尽くしていますが、予断を許さない状態です。あと七十二時間、つまり三日間はこのままここで絶対安静にしてもらいます」

イーデンはうなずき、頭に痛みを感じて身を縮めた。「痛っ……」

医師はペンライトを使ってイーデンの目を診ると、カルテになにやら書きこんだ。「軽い脳震盪《のうしんとう》を起こしているせいです。あと、右腕にガラスの破片で切った小さな傷がいくつかありました」

言われてみれば、確かに右腕に痛みがある。だが、自分の感覚では全身を打ちのめされたかのようだ。

アリスティドはどこにいるのだろう？　こんなときにわたしをほうっておくはずがない。わたしのことは愛していないかもしれないが、父親になることには大喜びしていた。口論をしたとはいえ、赤ん坊のことを案じ、ここにいてもよさそうなものなのに。

「夫はどこですか？」

医師はイーデンの腕に手をかけた。「安静にしていてください。約束したはずですよ」

「ええ」イーデンは感情を抑えようとしたが、恐怖に息がつまりそうだった。「教えてください」

「ご主人は別の病室にいます。状態は安定していますが、まだ意識をとりもどしていないんです」

「昏睡《こんすい》状態なんですか？」

「ええ」

イーデンは殴られたかのように身をすくめた。事故のまえ、彼女はいつ結婚を終わらせてもいい、とアリスティドに告げたところだった。今までは、ほかの女性に気持ちが向いた男性を愛するほどつらいことはないと思っていたが、あれはまちがいだった。

　アリスティドが死ぬかもしれない、ということのほうがもっとつらい。

「意識は戻りますか？」返事を聞くのが怖かった。

「なんとも言えませんが、その兆候はあります」

「夫の顔を見たいわ」彼を見れば、安心できそうだ。

「まだだめです。さきほども言ったように、動くのは胎児にとって危険です。ここにいてください」

「夫が昏睡状態だというのに、じっとなんかしていられません」イーデンは体を起こそうとした。

　医師は彼女の肩をそっと押しもどした。「そばにいなくても、ご主人は大丈夫ですが、あなたがご主人のところに行こうとすれば、赤ちゃんの命が危うくなります。ご主人が意識をとりもどしたら、ここにお連れします」

「夫の病室に連れていってもらえませんか？」

「赤ちゃんの命は、あなたが仰向けの姿勢で安静にしているかどうかしだいなんです」医師が断固とした口調で言ったので、イーデンも無視できなかった。

「三日間の安静でしたね？」

「ご主人の意識がそれまでに戻らなかったとしても、奥さんの出血は止まりますから、そばについていられるよう、ご主人の病室にお連れしますよ」

　強くならなければ、とイーデンは思った。でも、それは難しかった。すべてが結婚まえの状態に戻ればいいのだが。あのころはアリスティドは感情表現が下手なだけだと思っていた……でも、彼はどんな感情も持ち合わせていない人間だった。

「流産しないために今は安静にしていてください。ご主人の状態はちゃんとお知らせしますから」

「わかりました。電話をかけてもいいですか？」

「構いませんよ」

イーデンは義母のフィリッパに電話をした。事故に遭い、アリスティドが昏睡状態であると知ると義母は取り乱したものの、イーデンの具合を気づかうことも忘れなかった。

「わたしは大丈夫です。脳震盪を起こしたので……二、三日は安静にしなければなりませんが」家族で妊娠したのを知っているのはアリスティドだけだった。そのことは秘密にしておくつもりだった。

自分でも知ったばかりだったし、ショックも大きかった。体調の変化を感じたので、医者に診てもらったところ、妊娠が判明したのだ。第一子の出産から間もないというのに、また妊娠したと知って、イーデンは唖然《あぜん》とした。テオはまだ九カ月だ。

たとえ計画していたことだったにしても、義母に妊娠を告げるのには躊躇《ちゅうちょ》しただろう。

「テオがお義母《かあ》さまのところにいてよかった」

「テオのことは心配しないで。元気にしてるわ」

「ありがとうございます」

テオを置いて旅行するのは耐えがたく、イーデンは毎晩、父親似のテオの顔を思い浮かべながら眠りについた。黒い髪と褐色の肌は父親譲りだが、目はイーデンとおなじ灰色をしている。テオがいないのはつらかったが、彼女にとってニューヨークへの旅は夫婦の絆《きずな》を強固にするためのものだった。

アリスティドと出会って恋人となった場所に戻れば、以前のような関係になれるのではないかと思っていた。だが、旅は失敗だった。主役はカサンドラで、自分は脇役《わきやく》にすぎないというのを今回も思い知らされただけだった。そのことが腹立たしくて、彼女はアリスティドに離婚を求めたのだ。

実際に離婚を求めたことは自分でも信じられなかった。イーデンは出会った瞬間からアリスティドを愛していた。アリスティドのほうもおなじ気持ちだろうと思っていた。少なくともそう見えた。

アリスティドと出会ったのは、メトロポリタン美術館のまえでだった。寒い冬の日で、イーデンは父と昼食をとるためにマンハッタンに出てきたのだが、父の会議が長引いたためランチの約束は土壇場になってキャンセルされた。その場合にいつもするように、彼女は美術館に行くことにした。

しかし、このときばかりは、館内に入ることにならなかった。

考え事をしながら、イーデンは美術館に向かっていた。噂《うわさ》に聞いた新人のガラス工芸作家と会って、話ができるかもしれない。わたしの勤務先であるニューヨーク州北部の小さな美術館が予定している〝ガラス工芸の歴史展〟に作品を出品してもらえないだろうか？　美術館の展示を断る作家も多い。収入にならないからだ。でも、宣伝にはなる。

そのとき、煉瓦《れんが》の壁にぶつかったような感じがし、イーデンははじき返された。目をあげると、たくましい手が伸びてきて、肩をつかんで彼女を支えた。

煉瓦の壁ではなかった。男性、それもとびきりの美男子だった。身長百八十センチを超える黒髪の男性。目は瑠璃《るり》色で、たくましい体はアルマーニのスーツに包まれていた。

ほほ笑みかけられ、イーデンは頭がくらくらするのを感じた。

男性の青い目がイーデンの顔を見た。「失礼、わざとぶつかったわけじゃないんだ」

ぶつかったのはわたしなのに、と彼女は思った。

「わたしがまえをよく見ていなかったんです」イーデンは顔をしかめて、認めた。

「いや、ぼくがきみに見とれていたせいで、よくまえを見ていなかったからだよ」男性の言葉には訛《なまり》があったが、どこの訛かはわからない。しゃべり方も平均的なアメリカのビジネスマンより丁寧だ。

「見とれていた？」

「周囲の男性がきみに魅力を感じて、その気持ちを素直に口にされるのには慣れていないようだね」

「あなたみたいな人がわたしに魅力を感じるなんて。そういうことには慣れていないの」

男性は首を横に振った。「ぼくをからかっているね？」

「いいえ。わたし、そういうことは下手よ」

それを聞いて、相手は笑った。「正直でかわいい」

「あなたも正直ね、こっちがきまり悪くなるほど」

彼の態度をどう解釈したらいいのかわからない。

男性がなにか言いかけたとき、携帯電話が鳴った。彼は顔をしかめた。「すまない、ちょっと失礼」

イーデンはその場から立ち去ろうとした。男性は片手で携帯電話を開けたが、もう片方の手は彼女の肩から離そうとしなかった。男性は表情で彼女にここにいるよう告げると、注意を電話に向けた。

彼は外国語で話をはじめた。イーデンにはどこの国の言葉なのかわからなかった。

短い電話が終わると、彼はふたたびイーデンにほほ笑みかけた。「すまない、秘書からの電話でね」

「用事があるなら……」

男性は首を横に振った。「いや、午後は好きにしていられるのがわかったから、きみと過ごしたい」

予期せぬ言葉に、イーデンは首を横に振った。

「なにか用事があるのかい？」

「いいえ。その……」イーデンはつばをのみこんだ。

「あなたみたいな男性が暇なはずないわ」

「ぼくみたいな男って、ペティ・ム？」

「それ、なんていう意味？」

「〝ペティ・ム〟かい？　正確とは言えないけれど〝ぼくのかわいい人〟みたいな意味になるかな」

「何語なの？」

「ぼくはギリシア人だよ」

「ああ」イーデンはため息をついた。なぜ気がつかなかったのだろう。ギリシア神話の神の彫像のような魅力にあふれているではないか。

「今度はきみが答える番だ。〝ぼくみたいな男〟ってどういう意味だい？」

「ビジネスマン……やり手の実業家」

「そんなふうに見えるかい？」

　服装、雰囲気、携帯電話の使い方、わたしに向けた視線。「ええ」

「ぼくみたいな男をよく知っているんだね」信じられないことに、嫉妬《しっと》しているような口調だった。

　イーデンは笑いだしそうになった。「そんなに大勢は知らないわ。でも、父がビジネスマンなの。まえに父のところで働いていたこともあるし」

「今はちがうのかい？」

「ええ。今はニューヨーク州北部にある美術館で働いているわ」

「ここに住んでいるわけじゃないんだね？」

「父を訪ねてきたんだけど、父が都合をつけられなくなったの」気がつくと、イーデンは自分の予定を話していた。男性は一緒にガラス工芸作家に会いに行こうと言った。

　どうかしている。でも、イエスと言いたい。イーデンはこの見知らぬ男性ともっと一緒にいたかった。

　彼はイーデンのためらいに気づくと、きいた。

「お父さんは大企業で仕事をしているのかい？」

「ええ」

　男性はイーデンに携帯電話を差しだした。「お父さんに電話して、アリスティド・クーロスがきみと午後を過ごしたがっていると言ってごらん」

　自信ありげな態度からすると、父はこの人がだれか知っているらしい。

「それがあなたの名前なの？」イーデンはきいた。

「そうだ」

「わたしの名前はイーデン」

アリスティドの手がうなじを包み、親指が顎に触れた。「かわいい名前だね」

「あ、ありがとう」

アリスティドは携帯電話をイーデンの手に握らせた。「電話してごらん」

電話をすると、父はアリスティドが何者だかほんとうに知っていて、彼と話をしたいと言った。アリスティドの言葉だけからでは、どんな会話かわからなかったが、ふたたび電話を渡されると、アリスティドは信頼できる人物だと父親は彼女に請け合った。

「だが、おまえとはちがう種類の人間だからね。用心するんだよ」

「安全じゃないってこと？」イーデンはきいた。

アリスティドは顔をしかめた。父に何か言おうと、電話を彼女の手からもぎとりたがっている。

「そうは言っていない」父は言った。「体は安全でも、おまえの心はちがうってことだ。彼と比べたら、わたしなんかおとなしい子猫みたいなものだよ」

それを聞いて、イーデンは思案した。父が愛しているのは母だけだが、何度も浮気をしている。つまり、母に対して忠実ではないわけだ。アリスティドも恋愛遊戯をするタイプなのだろうか？

アリスティドの情熱的な青い目からするときっとそうだろう、とイーデンは思った。

彼女が唇を噛《か》んで考えていると、アリスティドは電話を取りあげて、ぱたっと閉じた。

イーデンはため息をついた。「あなたのこと、わたしとはちがう種類の人だって父は言ってたわ」

「きみは特別な種類の女性だよ、イーデン」

「わたしのこと、なにも知らないでしょう。どうしてそう言えるの？」

「きみはほかの男にもこういう態度をとるのか

い？」

「いいえ」

「通りでぶつかった女性を知るために、ぼくが忙しい予定をいつもキャンセルしていると思うかい？」

「特別なことなのね」

「きみが特別な女性だからだよ」

そしてわたしはあの言葉を信じた、とイーデンは病院のベッドのうえで考えた。あのときから、確かにアリスティドはわたしを特別扱いしてくれた。あの日はずっと一緒に過ごしたが、夜になっても、ベッドに連れこもうとはしなかった。だが、もし誘われていたら、承諾していただろう。

イーデンはマンハッタンにとどまり、週末をアリスティドと一緒に過ごしたが、なにも起きなかった。そして、家に帰った。

次の週、アリスティドは何度も電話をしてきたうえ、州の北部まで彼女に会いにやってきて、食事をした。話をしてみると、彼とは食べ物や映画の好みがおなじだった。アリスティドはイーデンの骨董品《こっとうひん》に対する知識や興味にも関心を持ってくれた。

その夜、家に送ってもらったとき、アリスティドはイーデンに言い寄ってきた。

イーデンが黙って待っていると、アリスティドがアパートメントの鍵《かぎ》を開けた。官能の高まりに、イーデンは押しつぶされそうになっていた。アリスティドはわたしを求めている。わたしも彼がほしい。これまでほかの男性に感じたことのない強い欲望は、すべてがあまりにも早く進みすぎているという心の声を圧倒していた。

アリスティドの青い目は早すぎるとは思っていないようだった。「いいアパートメントだね」

イーデンは室内を見まわした。ヴィクトリア朝時代の三階建ての家をアパートメントにしたもので、彼女が住んでいるのは二階部分だった。

濃い色の壁を引き立てる色調の東洋の古いラグがあちこちに敷かれ、家具はすべてオリエンタル調のもので統一されている。

「気に入ってくれて、うれしいわ」

アリスティドはドアを閉め、鍵をかけると、イーデンのほうを向いて彼女のジャケットを脱がせた。

「でも、きみのほうがもっと好きだよ」

イーデンは乾いた唇をなめた。「わたしも、あなたが好き」

「キスするよ、ダーリン」

「いいわ」

アリスティドの唇が触れた。それはイーデンがそれまで知らない種類のキスだった。ウエストをつかんでイーデンを引き寄せながら、アリスティドは彼女の口のなかに舌を入れた。

アリスティドの舌の情熱的な愛撫《あいぶ》に、イーデンの体は熱くなった。耐えられない。でも、もの足りない。イーデンは奔放に体を押しつけた。

彼の手がヒップに触れると、体の芯《しん》が燃えはじめた。服が床に落ちていき、イーデンは裸でアリスティドの腕のなかに立っていた。

急に怖くなって、イーデンは官能的な舌の動きを止めた。「アリスティド？」

「なんだい？」

「今夜だけの遊びじゃないわね？　一回ベッドをともにして、姿を消すなんてことはしないわね？」なぜ自分がそんな質問をしたのか、イーデンにはわからなかった。

アリスティドはじっと彼女の目を見つめた。彼の真剣な表情を見て、イーデンの体は震えた。「きみをぼくのものにしたいんだ。肉体だけじゃなく」

イーデンは唇を噛んだ。「あなたもわたしのものになってくれるの？」

「きまっているじゃないか」

イーデンは身を震わせた。「わかったわ」

それは永遠の約束ではなかったが、無責任な男性のその場かぎりの言葉でもなかった。アリスティドは一時的に欲望を満たそうとしているわけではなかった。それ以上のものを求めていた。イーデンもおなじ気持ちだったので、うれしかった。しかし、アリスティドの意図がなんであったにせよ、あのときのイーデンには彼を拒むことはできなかった。

欲望の炎に包まれていたせいか、イーデンはかすかな痛みを感じただけだった。そして、すぐに信じられないような快感がわきあがってきた。初めての愛の行為が絶頂感とともに終わると、イーデンは無感覚のなかを漂った。

やがて、イーデンはアリスティドがふたたび顔と喉にキスをしているのに気がついた。きみはきれいだ、情熱的だ、自分のものだ、とアリスティドは何度もささやいた。イーデンが官能に目覚めた長い夜のあいだ、彼は何度もその言葉をくり返した。

翌朝、目を覚ますと、アリスティドが優しくキスをしてくれたので、イーデンは涙をこぼした。彼の愛の行為がすばらしかったからだと説明すると、アリスティドは笑った。

約束どおり、二人の関係は一夜の遊びではなく、その後も続いた。父よりも多忙なビジネスマンなのにもかかわらず、アリスティドは毎日電話をかけてきて、週末はほとんど一緒に過ごしてくれた。イーデンがマンハッタンに出向くこともあったが、普通は車で二時間かけて、アリスティドが彼女のアパートメントに来てくれていた。

彼はイーデンを女王のように扱い、彼女ほど魅力のある女性はいないという態度で愛の行為をした。

アリスティドは彼女の父親に会いたがった。それまでも仕事の場で互いに顔を見ていたらしいが、今では親しい間柄になっていた。アリスティドとつきあいだして数カ月が過ぎると、イーデンはなぜ彼は家族に紹介してくれないのかと思うようになった。二度ほど、その疑問を口にしたが、アリスティドはイーデンを自分のものだけにしておきたいのだと言い、彼女はその言葉を信じた。

仕事や家族の用事で忙しくストレスの多い生活のなかで、イーデンは自分にとってオアシスのような存在だとアリスティドは言っていた。

つきあって一年が過ぎても、アリスティドがギリシアに帰るとき、一緒に行こうと誘ってくれないので、自分は彼にとってなんなのだろう、とイーデンはいぶかりはじめた。しばらくしたら、わたしは彼の生活から蜃気楼《しんきろう》のように消えていくだけの存在にすぎないのではないだろうか？

ニューヨークにいるときとはちがって、アリスティドはいつ戻るとも告げずにギリシアに行き、めったに電話をしてこなかった。彼が行ってしまうと、帰ってくるまで心にぽっかり大きな穴が開いて、自分が自分でないような感じだった。

イーデンは自分の弱さが怖かった。だが、アリスティドがおなじような気持ちでないのは明らかだった。

妊娠に気づいたのは、アリスティドがギリシアに行っているときのことだった。子供はぜったいに産もうと思ったものの、アリスティドに妊娠を告げるのは心配だった。彼はひどく気をつかって避妊をしていた。彼はわたしと永続的な関係、子供の母親という関係ができてしまうのをいやがるのではないだろうか？　そう思わずにはいられなかった。

イーデンが妊娠を打ち明けたのは、アリスティドが帰ってきた当日のことだった。彼が空港からまっすぐ自分のアパートメントに来てくれたのはいい兆候に思えた。愛を交わしたあと、体をからませてくつろいでいるときに、彼女は赤ん坊のことをアリスティドに話した。

イーデンは満足感に包まれ、体を丸めてアリスティドに寄り添い、彼への愛を感じていた。「話したいことがあるの」

アリスティドがのぞきこむようにしてイーデンの目を見た。「深刻な話のようだね。なんだい？」

「妊娠したの」

アリスティドは凍りついたようになった。青い目から輝きが消えるのと同時に、ショックに瞳孔《どうこう》が広がった。「でも……」

「避妊に失敗したみたい」言うべき言葉はそれしか思いつかなかった。

次の瞬間、アリスティドは晴れやかな笑みを浮かべた。態度の急変に、イーデンはびっくりした。

「ぼくの子供がおなかにいるんだね？　なんで電話で知らせてくれなかった？」

「電話で話すようなことじゃないわ」ギリシアのオフィスに電話をかけたり、海外にいる彼の携帯電話を呼びだしたりするとき、イーデンはいつも気まずい思いをしていた。だが、そのことは言わなかった。

アリスティドはうなずいた。今は喜びにあふれた表情を浮かべている。「まあね。でも、すごいな」

「そう思ってくれてうれしいわ」

「それ以外になにを思うっていうんだ？」

「困ったことになったとか」

だが、アリスティドは笑っただけだった。「できるだけ早く結婚しよう」

アリスティドのプロポーズの言葉はロマンティックとは言えなかったが、イーデンはほっとした。彼はわたしと人生をともにしたがっている。わたしは彼を愛している。この二、三カ月はいろいろな疑問に頭を悩ましていたけど、アリスティドもわたしを愛しているんだわ。

「いいわ。結婚するわ」

2

イーデンは世間知らずだった自分の考えを思い出し、落ち着けずにベッドのなかで体を動かした。結婚後すぐギリシアに移り、アリスティドの家族に紹介された。いい人たちばかりで、彼女は歓迎された。だが、おとぎばなしのような結婚はそこでおしまいだった。恋人だったときと比べ、アリスティドと顔を合わせる時間が減ったのだ。以前とおなじく、彼のほうはほとんどニューヨークにいたからだった。電話は頻繁にかかってきたが、寂しさは消えなかった。

最初はつわりがあったため、イーデンはアリスティドが旅行するときに同行しなかったが、そのあとも彼は長時間のフライトは妊婦にとってよくないからと同行を拒んだ。出産後、イーデンは母乳でテオを育てたので、常にテオと一緒にいなければならなくなり、またアリスティドはアメリカへの空の旅は乳児にとって負担が大きすぎると言った。

そして、離ればなれの生活のなかにカサンドラが入ってきたのだ。

カサンドラはアリスティドの幼なじみの美人で、彼の会社に勤め、この五年間は彼の個人秘書をしていた。アリスティドとつきあっているだけのときは、彼女もイーデンの存在を無視していたが、結婚とほぼ同時にそれは終わった。もっとも、イーデンが気がついたのはしばらくしてからのことだった。

だが振り返ってみれば、カサンドラが最初からイーデンの自信を打ち砕き、アリスティドと過ごす時間を少なくしようとさりげなく画策していたのがわかる。

最初に疑念を持ったときは、自分の思いすごしだろう、とイーデンは考えた。カサンドラはだれからも好かれていた。家族からも、社員たちからも。イーデンにも表面的には愛想よく接していたので、カサンドラが恨みを持っているとわかるまでに一年近くかかった。だが、わかっても、どうしたらいいかわからなかった。結婚生活に波風を立てたくなかったからだが、アリスティドが自分と結婚したのは息子のためだったとの確信が深まるにつれ、カサンドラの策謀に心が乱されるようになった。

ニューヨークで、イーデンはついにカサンドラについて不満をもらした。しかし、アリスティドはどうかしていると言って、相手にしてくれなかった。アリスティドはカサンドラを信頼しきっていた。だが、夫婦だけで行くはずのブロードウエイの観劇予定をカサンドラが仕事の接待に変えたときには、ついにイーデンも我慢ならなくなった。アリスティドはイーデンが劇場に行くのを気持ちよくあきらめてくれるものと思いこんでいた。

イーデンは怒り、二人は大喧嘩《おおげんか》をした。ほかの女性を愛していると言って、イーデンはアリスティドを責め、彼はイーデンを自分勝手で子供じみていると言った。

翌朝、仕事から離れ、週末を過ごすために州北部に出発すると、車中でイーデンは再度不満を訴えたが、アリスティドはとりあおうとしなかった。怒りがつのり、それでイーデンは離婚を切りだした。アリスティドもさすがに離婚という言葉には耳を傾け、早口のギリシア語でなにやらわめきだした。そのとき、トラックが突っこんできたのだ。

振り返ってみると、話し合う方法をまちがえたのがわかる。アリスティドを非難する代わりに、理路整然とカサンドラの意地悪を指摘すればよかった。

離婚したいと聞いて、アリスティドはようやく注意を向けた。ぎょっとしたような彼の表情。あの表情を思い出すと、わずかながらも希望を感じる。

　彼は結婚を終わらせたくないらしい。でもそれが両親のそろった家庭で子供を育てたいからなのか、個人的にわたしを失うことに我慢できないからかはわからない。答えがわからないのは耐えがたい。

　わたしはまた妊娠してしまった。でも、今回は現実に目をつぶるつもりも、アリスティドの気持ちを憶測で判断するつもりもない。はっきりと言葉にしてもらおう。彼の本心を知らなければ。

　おなかのなかの子供の命と、アリスティドが昏睡《こんすい》状態であることが心配だったものの、イーデンの心は決まっていた。いやな思いをすることは必至だが、カサンドラと手を切るか……それとも、わたしではなく彼女をとるのか、アリスティドにはっきり答えてもらおう。

　事故のおかげで、多くの事柄がはっきりと見えてきた。結婚を終わらせたくはないが、踏みつけにされる妻でいるのはもうたくさんだ。妊娠についても、前回のときのように、母体のためという理由でひとりギリシアで過ごすのはいやだ。

　カサンドラに軽視されるのに耐えるつもりもない。アリスティドが彼女とベッドをともにしているとは思わないが、信頼しすぎている。夫には体だけでなく、心もわたしに忠実であってもらいたい。

　アリスティドはすばらしい父親だ。その点に関してはこれ以上望むことはないが、夫としての彼には足りないところが多い。これは変えてもらおう。

　今思えば、わたしもいい妻ではなかった。アリスティドを怒らせるのが怖くて、自己主張をせず、また自信がなかったせいで彼の生活に充分かかわろうとしなかった。そこは改め、いい妻になろう。

　恋人だったときから、わたしは彼の愛を得るために自分を曲げていたが、そうするのもやめよう。

母のようにはなりたくない。

その後の三日間は霧に包まれたような感じで過ぎていった。アリスティドは昏睡状態のままだった。

アリスティドの家族もアメリカにやってきたが、ほとんどの時間を宿泊先のホテルではなく、病院で過ごしていた。義母はテオを連れてきてくれ、義姉のレイチェルは自分の二人の子供と一緒に面倒を見てくれるのでありがたかった。しかし、イーデンが夫の危険な状態を忘れることは一瞬たりともなかった。

父は赴任先の香港《ホンコン》から電話をかけてきた。命に別状ないのを知ると、父は帰国しないと言ったが、イーデンは驚きもしなかった。アリスティドも父も仕事第一の人間だった。

家族からも話を聞いていたが、担当医のアダム・ルイスは約束どおり毎日、朝と夕方にアリスティドの状態を報告してくれた。妊娠を隠す必要がなくて気が楽だったのと、人柄もよかったので、イーデンはルイス医師と友達のようになっていった。

車椅子を使うのがいやだったので、イーデンは義兄のセバスチャンの腕につかまって、夫の病室に向かってそろそろと歩いていった。アリスティドがとうとう意識をとりもどしたのだ。

医師の話では、アリスティドは赤ん坊のことは尋ねなかったそうだが、彼が赤ん坊のことを考えていないわけではないだろう。医師に対して、心配事を隠しただけのはずだ。

彼女の出血は止まり、超音波検査の結果も良好で、医師は少しくらいなら歩いても構わないと言った。

イーデンはシャワーを浴び、髪を洗い、茶色の髪はまっすぐに垂らしたままにしていた。それはアリスティドの好きなスタイルだった。

イーデンが入院していたことはだれもアリスティドに話しておらず、また義母の話では彼もなにも尋ねなかったそうだ。変な話だ。わたしが離婚話をしたのにまだ腹を立てているのかもしれない。

わたしたちには話し合わなければならないことが山ほどあるが、今はただ夫と会い、ほんとうに意識をとりもどしたのか、大丈夫なのか確かめたい。

部屋に入ると、イーデンは食い入るようにアリスティドを見つめた。彼が恋しくてたまらなかった。安静にしていた孤独な時間に、いい思い出や、つらい思い出がよみがえってきて、別れることになったらどれほど多くのものをあきらめなければならないか意識していた。

アリスティドがベッドのうえで起きあがるのを見て、イーデンの目に安堵《あんど》の涙が浮かんだ。

黒い髪は見えるが、カサンドラ・ヘリオスがベッドのそばに立ち、視界をさえぎっているので、顔は見えなかった。

カサンドラと一緒にいると、いつも劣等感を覚える。アリスティドが情熱に燃えているときになんと言おうと、わたしの容貌《ようぼう》は平均的で、ぱっとしない。特に今は、色白の肌は青ざめた感じだろうし、これといった特徴のない灰色の目は脳震盪《のうしんとう》のせいで生気なく見えているにちがいない。

こんなところでカサンドラと顔を合わせたくなかった。「重傷患者へのお見舞いが許されているのは家族だけだと思っていたけど」

そう言ってから、イーデンは後悔した。病室にいるのは、カサンドラを家族の一員だとみなしている者ばかりだ。

カサンドラが振り向いた。偽りの同情をたたえた笑みを見て、イーデンは吐き気を催した。「わたしは合格ね。彼のお母さまを別にすれば、わたしはアリスティドといちばんつきあいが長い女だもの。

兄妹《きょうだい》と変わらないわ」

イーデンは反論しなかった。だが、その言葉を信じたわけではなかった。カサンドラがアリスティドを兄のように感じているとは思えない。

カサンドラが言った。「彼はいい友達だから、心配で、わたし、彼のそばにずっと付き添っていたのよ。出ていかなきゃならないとは、考えてもいなかったわ……歓迎されていなかったなんて」

「イーデンはそんなつもりで言ったんじゃないわ」そばにいた義母が言った。「驚きを口にしただけよ」

「きみが弟のいい友達で、有能な秘書だっていうのはだれもが認めていることだよ」義兄のセバスチャンがなだめるような口調で口を添えた。

みんなが気を利かせてくれただけなのはわかっていたが、イーデンは自分がいやな人間になったように感じた。クーロス家におけるカサンドラの地位は揺るぎないものだった。だから、だれもカサンドラの意地の悪さが見えないのだ。だが、イーデンはギリシア美人のカサンドラに足をすくわれるのにはもううんざりだった。

わたしが悪いんじゃないから謝ったりしないわ、と思いながら、イーデンは首をかしげてカサンドラを見た。彼女がその場から動こうとしないので、イーデンはアリスティドの顔を見ようとベッドの横にまわりこもうとした。だが、夫の青い目がなんの認識もなく自分を見つめているのに気づいたとたん、イーデンは足を止めた。

「きみはだれなんだ？　カサンドラがここにいるのに文句を言うなんて、どういうつもりなんだい？」

アリスティドが怒ったような口調で発した言葉が頭のなかでぐるぐると渦巻き、イーデンは殴られたかのようなショックを感じた。「なんですって？」

アリスティドは腹立たしげに兄に目を向けた。

「この女性はだれなんだい、セバスチャン？　兄さんの腕にそんなふうにしがみつくのが許されるのはレイチェルだけだろう？」

昏睡状態から目を覚ましたばかりで、ベッドのうえで起きあがっているだけなのにもかかわらず、アリスティドはたくましい体から強力な生気を発散していた。イーデンをほんとうに認識していないことがはっきりと伝わってきた。

「わたしがだれか、わからないの？」イーデンは弱弱しい声できいた。

「わからない。知り合いなのかい？」アリスティドは言った。「ぼくの病室に入りこんで、見舞客を混乱させないでほしいんだがな」

だれかがはっと息をのむのが聞こえた。たぶん義母のフィリッパだろう。だが、イーデンには振り返って、確かめることはできなかった。ショックのあまり体が麻痺《まひ》し、動揺していたのだ。体はふらつき、視野はぼやけ、肌はじっとりと冷たくなっていた。

「わたしのことを思い出せないなんて」イーデンはだれに言うでもなくつぶやいた。体から力が抜け、彼女は義兄のセバスチャンに寄りかかった。

セバスチャンのしっかりした両手が倒れそうになる彼女の体を支えてくれた。次に気がついたときには、イーデンは自分の病室のベッドに寝かされていた。意識をなくしたのは数分だけらしい。

義母が心配顔でのぞきこんでいる。「イーデン？」

「アリスティドの記憶喪失のこと、どうして教えてくれなかったんですか？」イーデンはきいた。「わたしは」彼女は口をつぐんだ。

「わたしたちも知らなかったのよ。いつもとおなじようにテオの話をしたし……わたしたちのことは全員、わかっていたものだから」

「それじゃ、思い出せないのはわたしだけなんですか？　わけがわからないわ。息子のことは思い出せるのに、その息子を産んだわたしのことを思い出せないなんて」

ルイス医師が彼女の脈をとり、手首をおろした。

「そこまで考えがいたらなかったんでしょう。ご家族があなたのことを説明すれば思い出しますよ」

　そうは思えない。アリスティドは秩序だった記憶の持ち主だ。でも、わたしが病室に行ったのは、アリスティドが昏睡から目覚めて四十五分しか経《た》っていないときだった。

「主人は混乱しているんですね」

「そうです」

「今はもうわたしのことを思い出しているかもしれませんね」

　医師は首を横に振り、義母は目に涙をためている。

「みんなであなたのことを奥さんだと説明したんですが、信じようとしないんです」

　イーデンは息ができなかった。うめき声をあげ、彼女は首を左右に振った。「そんな……わたしを思い出せないはずないわ」

「記憶の混乱と一時的な記憶喪失は、頭部のけがの場合、珍しい後遺症ではありません」医師は安心させるようにイーデンの手を握った。「だから、あまり気に病まないでください。まだ今のあなたにとってはいいことじゃありませんから」

「夫がわたしを妻だと信じようとしないのに、落ち着いていろというんですか？」

「気持ちはわかりますが、お願いします」そう言うと、医師は眠れるようにと、胎児に影響のない鎮静剤をイーデンに処方した。

　翌朝、イーデンは夫が自分のことだけ覚えていないという恐怖を思い出しながら、目覚めた。

　回診にやってきたルイス医師は、アリスティドの選択性の記憶喪失は頭部の負傷からは説明がつかないと言った。「頭部のけがの後遺症として出てくる記憶喪失のパターンに当てはまらないんです」

「そうなんですか。夫はわたしがだれか、納得してくれましたか？」

「あなたのお義兄《にい》さんが納得させようとあれこれ話をしてしまったんです。わたしは止めようとしたんですが」医師は困っているようだった。

「先生はどうして止めようとしたんですか？」

「記憶喪失の原因がわからないのと、感情が揺れるのは記憶喪失の患者にとって危険だからです」

「妻がいるのを思い出せないと知って、夫は動揺したんですか？」

「わかりません」ルイス医師はため息をついた。「考えを巡らせているでしょうね。妻の存在を知って、息子さんの存在を強く意識しているはずです」

それなら、アリスティドらしい。

「わたしに会いたいとは言いませんか？」

「ご主人は記憶を喪失したことと折り合いをつけようとしているんでしょう」

「どういう意味ですか？　わたしに会いたがらないという意味ですか？」アリスティドらしくない。

どんな場合でも、彼は常にすべての情報を知りたがる人間なのに。アリスティドがなにを覚えていて、なにを覚えていないかはわからないが、わたしに会おうとはしない。イーデンは完全に拒絶されたように感じた。

「ええ、今のところは」

「カサンドラに対しては？」

「ミス・ヘリオスのことですか？」

「ええ」

「あの人はよく見舞いに来ていますよ。ご家族の昔からの友人で、ご主人のところで仕事をしていると聞いていますが」

ベッド脇《わき》のモニターが鳴りはじめ、ルイス医師の目に心配の色が浮かんだ。「奥さんはまだ安静にしていなければいけません。動揺するのはわかりますが、充分時間を与えれば、ご主人はあなたのことを思い出しますよ。意外にすぐ思い出すかもしれません。これまでのところ、あなたの経過は順調ですが、心の動揺は胎児によくありませんからね」

「おっしゃるとおりだと思います」だが、イーデンはどう心を静めればいいのかわからなかった。

　アリスティドはわたしを愛しているわけではなく、息子のために結婚を続けていただけ。その証拠が手に入ったような気がする。わたしのことだけ思い出せないのは、わたしを忘れたいからなのだろう。

　いいえ、彼は見事にわたしを忘れたのだ。

　三日も経つと、イーデンは待つのに耐えられなくなり、アリスティドが会いたがる様子を見せないのを承知しつつも、病室を訪れることにした。

　彼女自身は、もう大丈夫、普通の生活をしていれば胎児に危険はないと言われ、前日に退院していた。

　見舞いのため、彼女は念を入れて身支度をした。はた目にはまだ妊娠はわからないので、イーデンは体にぴったりとした長袖《ながそで》のワンピースを着た。ブルーグレーのカシミア製で、膝が出るミニ丈だ。アリスティドが気に入っている服だが、ギリシアでは暑すぎてあまり着ていなかった。

　靴は普通の黒のパンプスだが、七センチのヒールが脚を長く見せてくれる。百六十五センチの身長は女性としては平均的だが、背の高いアリスティドといると、いつも小さく感じられた。

　ノックをせずにアリスティドの病室のドアを押し開けたイーデンは、目のまえの光景を見て、心臓が止まりそうになるのを感じた。カサンドラがベッドのうえに座って、アリスティドに昼食を食べさせようと機嫌をとっていたのだ。

　仲よくしているのが信じられなかった。わたしには会いたがらないのに、カサンドラは受けいれ、しかも妻のような態度をとるのを許している。

わたしのことなど二の次なのだ。アリスティドが自分を思い出せないことを考えると、心の痛みはつのる一方だった。

もっと悪いのは、彼がおなかのなかの赤ん坊のことも忘れていることだ。感情をずたずたにされたような感じがする。でも、どうしたら幸せをとりもどせるのか、わからない。

アリスティドとカサンドラはイーデンが入ってきたのに気づいて顔をあげたが、二人とも平然としていた。それを見て、イーデンは怒りがこみあげてくるのを感じた。「秘書の仕事に入院中の社長の世話まで含まれているとは知らなかったわ」

アリスティドは青い目を不快そうに陰らせた。

「いいじゃないか。きみがここに来て、世話をしてくれないんだから」

なぜわたしが病室を訪れなかったことを非難するのだろう？　わたしに選択権があったなら、医師の許可がおりたあとはずっと世話をしていただろう。

「あなたがわたしに会いたがらなかったからよ」

「だから、夫の病室に来なかったってわけか？」アリスティドは嘲《あざけ》った。「きみに会いたいとはまだ言っていないよ。だけど、きみはここに来た」

カサンドラが立ちあがって、近づいてきた。「失礼したほうがよさそうね。ここでまた夫婦喧嘩の原因にされるのはいやだもの」

今までにも同様のことが何回もあったような口ぶりだ。事実、イーデンもこれまで喧嘩にならないよう、何度も我慢したことがあった。イーデンは歯を噛《か》みしめ、今回も我慢してなにも言わなかった。ルイス医師からアリスティドを刺激してはいけない、妊娠についてもぜったいに話してはいけない、ときつく言われていたからだ。

赤ん坊のことを話せないというのは、心臓を毒矢で射られるようにつらいことだった。

カサンドラのとりすました顔を見て、イーデンは不安を覚えた。

病室を出ていこうとするカサンドラに、イーデンは夫に聞こえないように小声で言った。「そのうち報いが訪れるわよ、カサンドラ」

カサンドラは目を丸くした。イーデンがアリスティドのまえでそんなことを言ったのが信じられないようだった。だが、すぐに悪意に満ちた笑みを浮かべた。「人でも物でも、来るものは拒まない主義なの。早く彼を自由にしてもらいたいものだわ」

彼女が自分の意向をあからさまに口にしたのはこのときが初めてだったが、イーデンは驚かなかった。

「そういうことにはならないわ。別れるつもりはないの。ずっと」

カサンドラは冷笑を浮かべた。「そうでしょうね。でも、あなたに選択権があるかしら？」

無言でイーデンはくるりと背を向け、アリスティドのベッドへ向かって歩いていった。

カサンドラがアリスティドを奪うのを黙って見ているつもりはない。でも、生涯の忠誠を約束してくれた男性を引き留めるために闘う必要があるのだろうか？　わたしは結婚の誓いを守り、息子も産んだし、心も捧《ささ》げている。

アリスティドも結婚の誓いを守っていると望むしかない。彼にとっては子供のための結婚だったと思うようになってから、アリスティドの気持ちはどこかよそに向けられ、わたしに対してはなにも感じていないのではないか、という気がしてならない。だけど、もしカサンドラを愛しているなら、なぜアリスティドはわたしを愛人にしなかったのだろう？

それがギリシア人の流儀なのだろうか？　信じがたいが、たぶんカサンドラはまだバージンだろう。

だとしたら、アリスティドは結婚しないかぎり、彼女をベッドに連れこまないはずだ。でもカサンドラが気晴らしのための単なる情事の相手ではなく、大切な存在なのかと思うと、苦々しい思いがする。

脚がベッドに触れるのを感じ、イーデンは立ち止まった。「ドクターが明日、退院だと言ってたわ」

アリスティドは冷ややかな表情でじっと彼女を見つめた。「そのとおり」彼は病院の食事ののったトレイを脇に押しやった。「事故でできなかったミーティングを終わらせたら、ぼくはギリシアに帰る」

〝ぼくたち〟ではなく、〝ぼく〟だ。夫が一人称を使ったことから気をそらそうと、イーデンはほとんど口をつけていない食事に目を向けた。

「もう食べないの？」

「ああ」

「きちんと食べて、体力をつけないと」

「ぼくは元気だよ。そんなにぼくの健康が心配なら、この味気ないものをなんとか食べさせようとしていた女性を脅して追いだすことはないだろう」

カサンドラを脅す？　彼女は怖がる人間ではない。

「だれかに優しくしてもらわなきゃ、食事ができないの？」

「かもしれない。きみがその役目を引き受けてくれるかい？」そんなことはできないだろう、と言いたげな口調でアリスティドは言った。

結婚して一年四カ月が経ち、そのうちの九カ月は息子を育てるのに忙しかったが、これだけの時間があれば夫のことも充分、わかっているつもりだ。

イーデンはコートを脱いで、ベッド脇の椅子に掛けると、ベッドに座り、そっと手を伸ばしてアリスティドの唇に触れた。

この仕草を覚えているだろうか？

「あなたの飢えを満たす方法は知ってるわ」イーデンはハスキーな声で言った。本能的なレベルでの記憶がよみがえってくれたら、と彼女は願った。

　アリスティドの目の色が、よく知ったミッドナイト・ブルーに変わった。そして、欲望を抑えようとするとき、いつもしていたように、顎がこわばった。

　イーデンのほうにも変化は起きていた。軽く触れただけなのに、親密なときの思い出がよみがえり、全身に電流が走るような感覚が生まれていた。いつもこうだった。わたしたちは最初からすぐに互いに大きく反応していた。

　だしぬけに、アリスティドが彼女の指に我慢ならないというように顔をそむけた。細めた目には軽蔑《けいべつ》の色が浮かんでいる。「きみはこんなふうにして結婚の罠《わな》をぼくに仕掛けたのかい？　体を使って？」

3

　アリスティドの言葉が頭のなかで何度も響いた。

　イーデンは手をおろした。「わたしがあなたを誘惑したんじゃないわ」

「カサンドラはきみが色仕掛けでぼくと結婚したと匂《にお》わせていたよ」アリスティドは嫌悪の口調で言った。「結婚をしたのは、きみが妊娠したからだというのはほんとうのことかい？」

　なるほど、カサンドラにあれこれ吹きこまれたらしい。驚くことではなかったが、アリスティドがカサンドラの悪意に満ちた言葉に耳を傾けたのかと思うと、心が痛む。

　イーデンは歯を噛《か》みしめた。否定したいが、できなかった。事実にちがいないのだから。「ええ。わたしがテオを身ごもったので、あなたはわたしと結婚したの。でも、罠《わな》なんかじゃなかったわ。故意に妊娠したわけじゃないのよ」

アリスティドは顔をしかめて、彼女を見つめた。疑っているのは明らかだった。アリスティドの態度はこの三年近く知っていた男性の態度ではなかった。今まではわたしの言葉を疑ったことなどなかった。二度目の妊娠を告げたときでさえ、疑わなかった。自分が長い出張で留守をしているときにほかの男と会っていたのだろうと疑ってもおかしくなかったのに。

いつも敬意を払って大切にしてくれていた。

これまでのアリスティドの態度はすべて見せかけだったのだろうか？

今ではなにを信じていいのかわからない。

「あなたは息子を愛しているじゃない」イーデンはそう言わずにはいられなかった。その愛情は母親のわたしには向けられていないのだろうか？

ええ、向けられていない。それはずっとまえからわかっていたことだ。でも、まだ希望を持っている自分がいる。愚かなのではない？

彼は表情を硬くした。「そんなことはわかっている。テオのことはちゃんと思い出せるんだ」

そういうことね。わずかに残っていた希望も今の言葉で消えた。「ええ、そうね」

イーデンの穏やかな返事を聞いて、アリスティドは落ち着きをなくしたようだった。「ほかのことはともかく、いい子を産んでくれたことには感謝している」

「感謝することはないわ。わたしだって、あなたとおなじくらい息子を愛してるんだから」イーデンはコートを取りあげようとした。

アリスティドは彼女の腕をつかんで、きいた。

「どこに行くんだ？」

「ホテルに帰るのよ。わたしがいても、しょうがないようだから」

「あきれたものだ。妻のきみが三日目にして初めて姿を見せたと思ったら、五分で退散するとはね」

「わたしが来るのをいやがったのはあなたよ」熱い涙が浮かんできたので、イーデンは目をしばたたいた。「先生に、わたしには会いたくないと言ったでしょう」

「それを気にしていたのかい？」アリスティドは無遠慮にきいた。

「きまってるわ」なんて残酷な人だろう。わたしを覚えていないからといって、こんなに無神経になれるなんて。わたしがどんな思いをしていたかわからないのだろうか？「あなたを愛しているのよ。気にせずにいられると思う？」

「愛している？」アリスティドは嘲《あざけ》って言った。

「そんな証拠はないよ。ぼくが昏睡《こんすい》状態だったときも来なかったそうだね。あのときは来てほしくないなんて言っていないよ」

「わたしも入院していたのよ」

「軽傷、それに脳震盪《のうしんとう》だったと聞いてる。愛していると言うなら、おなじ病室にしてもらえばよかったんだ。そうすれば、ここでぼくが昏睡から目覚めるのを見守れたはずだろう？」

　ベッドのそばで付き添わなかったことを彼がこんなふうに考えるとは、思ってもいなかった。わたしがいい妻ではないという証拠だと考えたようだ。でも、今はそんなことを気にする気持ちにもなれない。今さらどうなるものでもない。最初から彼は結婚したくなかったのだから。

　とはいえ、妊娠のことと、絶対安静を命じられたことを打ち明けて、身の潔白を証明したいという気もする。でも、ルイス医師からははっきりと言われている。その種の話はアリスティドが記憶をとりもどすか、記憶を失った原因がわかるまでは慎むように、と。

だが、話してどうなるのだろう、という気もする。アリスティドはおなじ病室で脳震盪の治療をすればよかったと考えていたのだ。絶対安静にしなければならなかったという理由をアリスティドはわかってくれるだろうか？　おそらくわからないだろう。

「それは考えなかったわ」イーデンはつらい気持ちで正直に認めた。今は早くここから出ていきたい。

「考えて当然だと思うよ」

「でも、だれもが難問解決が好きな頭のいい大企業の社長ってわけじゃないのよ。けがのせいで鎮静剤を投与されていたし」

「嫌みを言うのは感心しないな」

「そうね。でも、今のあなたがわたしに感心することはなにもないように思えるわ。はっきり認めたらどうなの……わたしがいなくて寂しかったわけじゃないでしょう。わたしの存在さえ忘れたんだから」

「まるでぼくが故意に忘れたって口ぶりだね」

「そうじゃないの？」

「なにか理由があったからだろう」

「カサンドラがそう言ったの？　ひどい妻だったから、あなたはわたしのことを忘れたって？」

アリスティドの沈黙がすべてを物語っていた。

「あなたは彼女の言葉を信じたのね？」

「こういう選択性の記憶喪失にほかの理由があるかい？　ぼくには筋が通っていると思えたよ。きみを忘れたがった理由として。ぼくはきみに耐えられなかったんだろう」完全に納得している口調ではなかったものの、傷つく言葉に変わりなかった。

「憶測にすぎないわ」

「根拠はある」

「あなたは結婚そのものを忘れたかったのかもしれ

ないわね」イーデンはひそかに抱いていた疑問を口にした。「テオを身ごもるまで、あなたは結婚に乗り気じゃなかったもの」

「ぼくは無責任な男じゃない」確かにそのとおりだ。

「はっきりした理由のない記憶喪失かもしれないわ。医学的に説明のつかない症例かもしれないもの」

　アリスティドは首を横に振った。「選択性の記憶喪失の場合、身体的な原因は見つからないと医者は言っているよ」

「わたしのことを忘れたかったからだとアダムが言ったの？」

「アダム？」

「ルイス先生よ」

「医者をファースト・ネームで呼ぶのかい？」

「彼はわたしの担当医でもあったのよ。優しくしてくれたわ。あなたが昏睡状態で、わたしが動揺しているのを知っていたから」

「その優しい友達の医者でさえ、ぼくの記憶喪失は心理的なものに起因していると考えているんだ」

　イーデンは〝優しい友達〟という表現を無視した。話を脇道《わきみち》にそらしたくなかった。「でも、わたしを忘れたのは悪妻だったからというのは短絡的よ。あなたは自分と合わない女性と結婚するようなばかじゃないわ。自分でもわかっているでしょう」

「息子とかかわるには結婚するしかなかったんじゃないか。そう思わずにはいられないんだがね」

「わたしが子供を使って、あなたを脅したって考えてるの？」

　アリスティドは肩をすくめた。「ぼくがそんな手口に乗ったとしたら、驚くね。大叔父が悪女と結婚したのを見ているからね。きみが言ったように、ぼくはばかじゃない。でも子供への愛情から愚かな父親にならないともかぎらない」

　彼女は崩れるように椅子に座った。「わたしをアンドレア・デュマキスの同類だと思っているの？」

　これ以上ひどい侮辱はない。

　彼の大叔父のマサイアスと妻のアンドレアは、イーデンがアリスティドと知り合うまえに自動車事故で他界していたので知らないが、聞いた話ではアンドレアは悪女だったようだ。アリスティドの家族はみんな、彼女を憎んでいた。アンドレアは金を愛し、理性がなく、男好きで、利己主義者だったらしい。

　そんな女性からレイチェルのような娘が産まれたのは奇跡と言える。驚いたことに、レイチェルはアリスティドの兄、セバスチャン・クーロスと結婚した。義姉の実父ヴィンセントと会ってみて、イーデンは義姉のレイチェルは父親からいい遺伝子ばかりを受け継いだのだろうと思った。ヴィンセントは魅力的で、孤独な未亡人生活を送っていたフィリッパを口説いて、再婚に踏み切らせたほどの男性だった。

　アダム・ルイス医師が病室に入ってきて、涙を浮かべたイーデンと、怒りに満ちたアリスティドの顔に気づいた。「イーデン、ご主人があなたに会いたがったとは。ぼくは知らなかったな」

「主人が会いたがったわけじゃありません」

「妻は来たいときに来る権利があります」アリスティドは医師をにらみつけた。「それと、なれなれしく妻を名前で呼ぶのをやめてもらいたいですね」

「気に障ったのなら、謝ります。でも、そんなふうに感情を高ぶらせるのは体によくないんですよ」

「軽い脳震盪と選択性の記憶喪失があるだけじゃないですか」アリスティドは冷ややかに言った。「どちらも妻の見舞いで悪化するとは思えませんね。妻がいれば、記憶も戻るかもしれませんよ」

「でも、奥さんは泣いていますよ」

「わかっています。先生が出ていったら、それはぼくがなんとかします」

　アリスティドの傲慢《ごうまん》さに眉を吊《つ》りあげたものの、

医師はうなずいた。「それがいいかもしれませんね。あとでまた来て、退院の打ち合わせをしましょう」

イーデンは立ちあがった。「いいの、アダム、出ていくことはないわ。わたしが帰るから」

彼女はアリスティドがつかんだコートを引っぱったが、彼は手を離そうとしなかった。

「手を離して」

「言っただろう。そんなに早く帰るなよ」

もうたくさんだった。アリスティドは医師を追いだして、わたしをさらに責めるつもりなのだろう。ためらいはなかった。イーデンはコートから手を離して、急いでドアに向かった。

アリスティドが怒った厳しい声で彼女の名前を呼んでいたが、イーデンは無視して病室を飛びだした。一瞬後、外にいたカサンドラにぶつかり、彼女を押し倒しそうになった。カサンドラが戸口でなかの会話を盗み聞きしていたのは明らかだった。

話の内容が気に入ったのか、カサンドラは満足そうな表情を浮かべていた。

イーデンは自分にとってはつらい会話だったのを思い出し、カサンドラをにらんだ。カサンドラはこれまであらゆる手を尽くして、わたしの結婚を傷つけてきたが、今は完全に破《は》綻《たん》させようとしている。

そんなことはさせない。アリスティドとわたしがいい家庭を築くのに失敗したとしたら、それはアリスティドがわたしを愛していないからで、カサンドラのたくらみのせいではない。でも、もうこれ以上、わたしの結婚をカサンドラに毒されるのはごめんだ。結婚と、愛する男性を守るため、わたしは闘う。

「まえをもっとよく見てほしいわ」カサンドラに押しのけられ、イーデンは壁に体をぶつけた。

おなかの赤ん坊も心配だったが、激しい憤りにはらわたが煮えくりかえる思いがした。「二度とこんなまねはしないで」

　イーデンが怒りをあらわにしても、カサンドラは平然としていた。「なにをしないでっていうの、ミセス・クーロス？　アリスティドに話せば？　彼が真剣に聞くと思う？　わたしは友達なのよ。それに、彼、わたしのことは覚えていたわ。わたしには食事の世話をさせてくれたけど、あなたは拒絶されたじゃない」カサンドラは立ち聞きしていたことを隠さなかった。「わたしに触られるのは気にしていなかったわ。わたしは信頼されているの。わたしがあなたに無礼な態度をとったからって、彼が気にかけると思っているの？　彼はあなたのことは忘れてしまったのよ。彼にとって、あなたは意味のない人間なのよ。もう少しすれば、あなたと手を切ろうって気持ちになるでしょうね」

　悪意に満ちた嘲りの言葉を聞き、イーデンはなにも考えられなくなった。激しい憤怒《ふんぬ》を感じていただけだった。次の瞬間、怒りにまかせて、イーデンはカサンドラの頬を思いきり強く平手打ちした。暴力に訴えたことは自分でもショックだったが、謝る気にはなれなかった。

　カサンドラはよろめきながら、うしろにさがった。顔には驚愕《きょうがく》の表情が浮かんでいた。

「あなたの思いどおりにはならないわよ」

　カサンドラの目が細められた。「そんなことないわ。わたしは頭がいいの。満足に避妊もできないばかな女とはちがうのよ」

「夫にわたしがわざと妊娠したって言ったそうね」

「彼が自分で出した結論よ」

「あなたがそう考えるように仕向けたんでしょう」

　〝だったらどうなの？〟と言いたげに、カサンドラは肩をすくめた。「彼はあなたとなんか結婚すべきじゃなかったのよ。住む世界がちがうんだから」

「いずれ夫はわたしのことを思い出すわ。わかってるでしょう？　わたしがどんなにひどい妻だったか、あなたが吹きこんだ嘘《うそ》を彼がありがたがるとは思わないことね。彼は体面を重んじる人よ。あなたが信頼を裏切ったと知ったら、夫は激怒するわ」

　カサンドラは自分の勝利を確信しているらしく、満足げに微笑した。「あなたと彼が出会うずっとまえから、わたしたちは友達だったし、あなたがいなくなってもわたしたちは友達同士よ。覚えておくといいわ……あなたはいずれ去っていくのよ」

　イーデンは軽蔑《けいべつ》感もあらわに、まっすぐ立っていた。「友達っていうのが問題ね。わたしは以前は彼の恋人だったし、今は妻なのよ。わたしはどこへも行くつもりはないわ」

　できることなら、イーデンは結婚生活を救いたかった。でも、そうするのが無理なら、出ていくしかない。それが正しい選択だからだ。狡猾《こうかつ》なカサンドラに追いだされるという理由からではない。

「わたしは彼の妻じゃないかもしれないけど、愛人じゃないって確証はあるの？」

「さっきも言ったけど、夫は誠実な人間よ。愛人を持つような人じゃないわ」

　アリスティドがそう約束したのだから、わたしは彼を信じる。カサンドラにそれ以上悪意ある言葉を言う隙《すき》を与えず、イーデンはその場をあとにした。

　廊下を曲がると、イーデンはトイレに駆けこみ、激しく吐いた。人に暴力を振るったなんて。大人になってからは初めてだった。アリスティドの記憶喪失をいいことに、カサンドラのたくらみはエスカレートしている。妊娠で敏感になっているイーデンの体は二重のショックに耐えられなかった。

　妻を思い出すことはできないかもしれない。だが、アリスティドは妻が泣くのを見るのはいやだった。悪妻だと信じるに足る証拠がいくつもあるとはいえ、自分が彼女を泣かせたのかと思うと、卑劣な男になったような気持ちになり、自分が腹立たしい。

妻のことは覚えていないとみんなに言ったのは確かに真実にはちがいなかったが、妻がいることを受けいれたあとは、結婚のことを考えるたびに悪い予感めいたものに襲われる。その中心にいるのはイーデンだった。どういうことなのかわからなかったが、その感覚を消すことはできなかった。

結婚でなにか大きなまちがいがあったということだけはわかる。妻が大叔父の結婚した女の同類だったのだろうと考えるのは容易だった。

とはいえ、妻が歩み去っていくのを見るのは不快だった。恐怖に似たものに襲われ、いやな感じがしたのだ。恐怖を覚えることなどないのに……特に女性に対しては。そんな感情を持つのは、男の身の破滅だ。大叔父を見ていたから、よくわかっている。

大叔父のマサイアス・デュマキスは若い妻にあまりに強大な権限を与えたため、屈辱的な目に遭ったのだ。兄のセバスチャンも自分も、大叔父とアンドレアの結婚から教訓を得ている。

アリスティドは渋い顔をして、イーデンが出ていった病室のドアを見つめた。記憶があろうとなかろうと、自分はあの女に屈服したりしない。

「コートも持たずに飛びだしていくとは、喧嘩《けんか》したんですね。外気温は零度以下ですよ。奥さんは激情に駆られるタイプには見えなかったんですがね」

医師の声にアリスティドは顔をあげた。自分はどれだけドアを見つめていたのだろう？　妻が戻るのをなかば期待していたのだが、どうしてそんな気持ちを感じるのか、不可解だった。

「喧嘩していたわけじゃありません」

「そうですかね」

アリスティドの緊張が高まった。「夫婦のあいだのことは先生に心配してもらわなくても結構です」

「そんなことはありません。あなたの記憶喪失は心理的なものです。イーデンとの関係は症状と密接に結びついているんです。それにあなたを健康にするのがわたしの責任なんですよ」

アリスティドは医師がふたたび妻をファースト・ネームで呼ぶのを聞き、歯を食いしばった。ギリシアでは医者はこんなになれなれしい態度をとらない。だが、妻も医者もアメリカ人ではないか。常識はほうっておけと告げていたが、男の本能は抗議しろと叫んでいた。

「そう言われても、妻のことを先生と話し合うつもりはありません」

「強制はしません。でも、奥さんも事故でつらい思いをしているんですよ。あなたが記憶を失い、彼女に会うのを拒んだこともつらかったようです。今は弱気になっています。それを忘れないでください」

「妻に会うのを拒んだりしていません」

ルイス医師は眉を吊りあげた。「拒みましたよ」

「一度だけだ」

「でも、そのあと会いたいとも言っていませんよ」

「彼女は妻なんだ。呼ばれなくても、夫の病室に来るのが当然です」

「だれかが奥さんにそう言ってあげればよかったのかもしれませんね」

アリスティドはなにも言わなかった。

医師はイーデンのコートを取りあげようとしたが、アリスティドがまだ袖《そで》をつかんでいた。医師はコートを軽く引っぱった。「渡しておきますよ」

アリスティドはしかたなく手を離したが、奇妙な苦しみを感じた。この男の関心は元患者に対する医者としてのものにすぎないのか、それとも男としてイーデンに魅力を感じているのだろうか？

確かにイーデンは美人だ。だが、優しい雰囲気があるように見えてもそれは本物ではない。見せかけるのがうまい女なのだ。多くの男はその組み合わせに魅せられる。そんなことを考えていると、医師はイーデンのコートを持って、病室から出ていった。

その直後カサンドラが戻ってきた。頰が赤く腫《は》れ、濃い茶色の目には涙が浮かび、下唇が震えていた。

「どうしたんだ？」心配よりも苛《いら》立《だ》ちを感じながら、アリスティドはきいた。

感心できる態度とは言えない。子供のころからのいい友達であり、信頼できる部下として何年も働いているのだ。それにこのいまいましい記憶喪失も、理解できない妻のことも、カサンドラとは関係がない。だが、なぜか本能的な警戒心が働いてしまう。

カサンドラは首を横に振った。「なんでもないわ」

「話してごらん」

「言いたくないわ」彼女は目をそらした。「今はイーデンとの問題でストレスが多いでしょう」

「イーデンにぶたれたんだな？」驚きがアリスティドの全身を走った。イーデンに対しては悪感情しか持っていなかったものの、彼女が暴力的な女だとは思っていなかった。

「わたしがあなたと長い時間、一緒に過ごしていたのを彼女は怒ったのよ」

「それで、きみを引っぱたいたのか？」

カサンドラは渋々、うなずいた。「あなたに近づくなって強い口調で警告されて、そのあとに」

さっきぼくと話し合っていたときのイーデンの傷つきやすそうな感じも演技だったにちがいない。見かけとはちがってイーデンは優しくないとカサンドラはほのめかしていたが、彼女の頰が赤く腫れているのを見ると、医師よりもカサンドラのほうがイーデンの本質を見抜いているように思える。

だが、心の一部は目のまえの証拠を見つつも、それを否定していた。筋が通らない。イーデンに対する悪感情からすると、信じるほうが簡単だった。ところが、実際はちがった。思考が働かなくなり、どうにもならなくなっている。カサンドラと彼女の忠誠心を信じることに問題はなかったはずだ。でもイーデンのこととなると、なにもわからない。

ああ、記憶が戻りさえすれば。

頭がずきずきしはじめた。

「大丈夫？」カサンドラが彼の腕に手をかけた。

奇妙なことに、カサンドラに触れられてもなにも感じなかった。不信感を抱いているにもかかわらず、イーデンはベッドのそばに立っているだけで、欲望を刺激する。

「それはぼくがきみにききたいことだよ」

「わたしは大丈夫。彼女は一時的な怒りに駆られただけだと思うわ」

「でも、暴力はよくない。注意しておくよ」

「やめて。彼女は……」カサンドラは適切な言葉を探しているようだった。「感情的っていうか、理性をなくしているわ。予測できたことだと思うけど。どんな妻でも、事故に遭って、夫に記憶をなくされたら苦しむわ」

カサンドラはそう言うが、イーデンは病室に近づかなかったことをなんとも感じていない様子だった。とはいえ、自分が最初に来るなと言ったから、来なかったのだとイーデンは言っていた。最初の言葉を本気で受けとっていたとしたら……医者が言ったとおりなのかもしれない。

アリスティドは目を閉じた。なにをどう考えたらいいのかわからない。自分の判断も信じられない。記憶から完全に消えてしまった女性のことについては、なにもわからない。

それには理由があるにちがいない。だが、カサンドラがほのめかしていた理由以外は思いつかない。イーデンは悪夢のような妻だった。アリスティドにはそれしか考えられなかった。

4

「準備はできた？」

アリスティドは妻の声を聞いて振り返った。茶色の髪をうしろでまとめているので、顔はよく見えるが、表情からはなにを考えているのかわからない。なぜ彼女は退院の付き添いに来たのだろう？　セバスチャンに頼めばいいものを。

イーデンは昨日の夜も電話をかけてきた。表向きにはテオにおやすみを言ってほしいからと言っていたが、気分はどうかと尋ね、その返事にひどく興味がある様子だった。アリスティドがテオに言葉をかけてやったあとも、彼女はすぐに電話を切ろうとせず、ルイス医師がなんと言っていたか知りたがった。

そのことは話したくなかったので、アリスティドはイーデンとカサンドラの喧嘩《けんか》のことを持ちだした。イーデンの行為を非難すると、彼女は急に冷たい口調になって、そそくさと電話を切った。

妻が今日、姿を見せるとは思っていなかった。

彼女はコートを脱ごうともせず、直立不動でドアのそばに立っている。こちらがまちがったことを言えば、すぐに逃げられるようにしているみたいだ。

「準備は一時間まえからできてるよ」

イーデンは胸のまえで腕組みをした。「でも、先生は十時半って言ってたわ」

彼女の仕草は〝わたしに触らないで……あまり近づかないで〟と告げているかのようだった。

そのまえに妻と医師の関係をあれこれ考えていただけに、彼女のよそよそしい態度は神経を逆撫《さかな》でした。気がついたときには、アリスティドは部屋を横切り、腕をまわして、イーデンを引き寄せていた。

記憶を失ったとはいえ、この女性は自分の妻だ。いやがるはずはない。

体が触れ合うと、イーデンは息をのんだ。「なにをするの？」

先刻とはちがい、彼女の声は冷静ではなかった。奇妙なことにアリスティドは満足を覚えた。

「妻に挨拶《あいさつ》をしているんだよ」

イーデンの口が開き、アリスティドは唇を重ねた。彼女の目が見開かれ、すぐに閉じられるのをアリスティドはうっとりとしながら見届けると、自分も目を閉じて、快感に身をゆだねた。

ぴったりと合わさった唇の感触は完璧《かんぺき》で、イーデンの唇はクリスマスケーキのように甘かった。金が目当てのピラニアもどきの妻とは思えなかった。

イーデンが唇を震わせると、アリスティドはキスを深めた。彼女は抵抗せず、アリスティドに口のなかを探求させ、今では全身を震わせていた。

ウエストに腕をまわして、アリスティドはイーデンを抱き寄せた。イーデンの腕がアリスティドの首に巻きつき、彼女が舌をからませてくるのが感じられた。その感触は驚くほどなじみあるものだった。信じられないことに、この記憶にない妻をベッドに押し倒して、愛を交わしたくなったほどだった。

アリスティドはキスをやめた。「きみの味は知っている」

「ほんとう？」イーデンの声に期待の響きを聞きとり、アリスティドは彼女を思い出せないことに初めて良心の呵責《かしゃく》を覚えた。

「頭は覚えていないけど、体はきみを知っている。それは確かだな」

イーデンはたじろいだ。傷ついたらしい。

「よかったよ」

イーデンはアリスティドの首から手をおろし、放してくれと言いたげに彼の胸を押した。「わたしたち、ベッドに関してはなんの問題もなかったわ」

今度はアリスティドがたじろぐ番だった。二人のあいだでうまくいっていたのはベッドのなかだけのような言い方に聞こえる。

アリスティドはイーデンを放した。彼女はうしろにさがり、うつむいてコートを撫でつけた。アリスティドは気持ちを落ち着かせようとした。ちょっとしたキスで、これほどの欲望を感じたことは今までになかったように思える。肉体的にいつもこんなに燃えあがりやすかったのだとしたら、自分の結婚生活にも大いなる意義があると言える。

むろん息子の誕生にも大いなる意義があった。

「今日はセバスチャンが来るとばかり思っていたよ」

「お義兄《にい》さまは車のなかで待っているわ」

「きみが来るとは思っていなかったんだ」

「昨日の喧嘩のことは家族には話してないから」

「当然、みんなは病院にはきみが迎えに行くと思ったわけか」

「ええ」

「どうして話さなかった？」

イーデンはあきれ顔で彼を見た。「わたしたち二人の問題をほかの人にも話せというの？」

彼女の言うとおりだ。自分自身、私生活については母や兄も含め、人にはほとんど話さないではないか。自分にとっては謎《なぞ》の存在だが、イーデンは親友よりもぼくのことを知っているんだ。そうと気づいて、アリスティドは狼狽《ろうばい》した。

「いや、他言は無用だな」

「やっぱり、そうでしょう」

「つまり、きみはぼくの気持ちを考えて、行動したってことかい？」

「そうでもないの。昨日はあなたがどう思うかってことはあまり考えていなかったわ」

なぜか、アリスティドにはその言葉が信じられなかった。「ほんとうに？」

「ええ。心配したあなたにコートを渡してくれって頼まれた、とルイス先生は言っていたけど、わたしは信じなかったわ」

「彼が親切でしたことだよ」イーデンの言うとおり、ぼくは彼女を気づかわなかった。

いまいましいことに、罪悪感が生まれていた。

イーデンは顔をそむけたが、アリスティドは彼女が傷ついた表情を浮かべるのを見逃さなかった。

「わたしもそう考えたわ」

「ぼくがそんなにきみを怒らせたんだったら、どうして家族に話さなかった？」

「不安の種を増やしたってしょうがないからよ」イーデンは彼のほうへ冷静な顔で向き直った。

唇に赤みが残っていなかったら、少しまえにキスをしたとは思えない顔だ。

「クーロス家は結婚や家族関係を重視しているわ。わたしたち夫婦に問題があるとお義母《かあ》さまやお義兄さまが知ったら、心配するわ。これ以上、混乱を招くことはないもの。事故と記憶喪失。その二つでもう充分、心配させたんだから」

「家族のまえでは幸せな夫婦のふりをしようというのかい？」ぼくは家族には嘘《うそ》をついたことがない。妻なら、そのことは知っているはずだ。

「それは無理でしょう。ただ、わたしへの敵意をむきだしにするのは、二人きりのときだけにしてほしいの。テオにも親の不仲を感じとられたくないわ。このところ、あの子の生活も乱れていたから」

「きみは、ぼくたちがこのまま喧嘩を続けるのを前提に話をしているね？」

「今の状況じゃ、喧嘩は避けられないでしょう」

「結婚がうまくいっていないような言い方だね」

「その逆だからよ。あなたの家族も息子も、わたしたちの仲のいいところしか見ていないからよ。このニューヨークの旅まではうまくいってたわ。でも、今はわたしの忍耐力がゼロ近くまで低下してるの」

「どうしてなんだい？」

「あなたの記憶が戻るまで、その話はしたくないわ」

「ぼくのせいなのか？」

「カサンドラ・ヘリオスがわたしたちの生活のなかにいるかぎりは。彼女はわたしたちの仲を裂こうとしているのよ。もう彼女の画策に知らないふりをするつもりはないの。喧嘩の原因は彼女なんだから」

「彼女は社員で、友達なんだよ。そんな言い方をするのはやめてくれ」

「わたしは妻にすぎないってことね……でも、記憶があろうとなかろうと、妻に変わりはないわ」

　アリスティドが非難に言葉を返そうとしたとき、看護師が車椅子を押して病室に入ってきた。

「なんです、それは？」アリスティドはきいた。

「病院のきまりです」看護師は答えた。「階下まで車椅子で移動してもらうことになっているんです」

　イーデンの目が興味深げにきらりと光った。だが、彼女はなにも言わなかった。彼が車椅子に乗って、押されていくつもりなど毛頭ないと、わかっているのだろう。

「それを押して、ついてくるんだね。ぼくはぜったいに乗らない」彼は大股で病室から出ていった。

　イーデンはベンツの後部座席に座り、ホテルに向かうあいだアリスティドとセバスチャンが仕事の話をするのに耳を傾けていた。

　夫の頭の冴《さ》えは以前と変わりない。わたしのこと以外は人も物もなにもかも覚えているんだわ。そう意識すると、心の傷は深くなった。どんどん深くなっていくばかりで、どうにもならない気がする。

彼の兄に対する信頼感にも、看護師の要請を無視したことにもイーデンは心痛を覚えていた。退院してきた患者だというのに、アリスティドはわたしのために車のドアを開け、乗りこむのに手を貸した。病院職員たちとセバスチャンに、夫としての自分の立場をはっきりと印象づけたかったようだ。

プライドがそうさせたのだろう。わたしに本心から歩み寄ろうとしているのではない。それでも、わたしのほうは軽く触れられるだけで息ができなくなる。キスのせいで、唇もまだうずいている。

あのキスがどんな種類のものかはわかっている。愛情からのキスではない。夫に関していえば、もうこれ以上、夢を見て過ごすつもりはない。

現実のアリスティドは、現代的であると同時に因習的で、競争心が強く、なんにつけ無意識のうちに優位に立ちたがる男性だ。記憶がないとはいえ、わたしが妻だということはわかってくれた。だとしたら、わたしが心を開くことを期待しているはずだ。

彼の目に高圧的な光を見たときに、そっけない態度をとったのはまちがいだった。でも、あのときはカサンドラのことで非難され、腹が立っていた。わたしは暴力的な人間ではない。以前の彼なら、知っていたことだ。

記憶がないのだから、と自分に言い聞かせてみても、気が楽にはならなかった。

それで、よそよそしい態度をとってしまったのだが、すぐに後悔した。キスをされたとたん、わたしはいつものようにうっとりとなった。相手がアリスティドだと、自衛本能がほとんど働かなくなるのを思い知らされただけだった。

気持ちのいいことではなかった。

義母がアリスティドを抱きしめた。「退院したあなたの姿を見るのはうれしいわ、ベイビー・ボーイ」

「ぼくは赤ん坊じゃありませんよ」

「いつまでも赤ん坊よ……わたしにとっては」

これまでに何度もあったやりとりを聞いて、イーデンは思わず笑みを浮かべた。「本人もうれしくてたまらないはずだわ。アリスティドは束縛されるのが嫌いだから」

アリスティドが奇妙な表情を浮かべて彼女を見た。レイチェルが笑って、夫のセバスチャンを抱きしめた。「クーロス家の男性はみんな、そうよ」

「例外がひとつだけあるよ、愛する人《アガペ・ム》」セバスチャンは妻の額にキスをした。「そうだろう？」

「なにかしら？」イーデンはうらやましさを感じながらも、義兄夫婦に笑顔で尋ねた。

セバスチャンは妻を抱き寄せ、イーデンに目を向けた。「結婚の束縛にきまっているじゃないか」

イーデンの顔から笑みが消えた。彼女はアリスティドの顔からも笑みが消えたのに気がついた。

「大丈夫、イーデン？」

イーデンは笑顔を作って、義母を見た。「ええ」

「とにかく息子が帰ってきてよかったわね？」

「ええ」

義母は顔をしかめた。息子の〝退院〟が普通の場合とはちがうことに初めて気づいたかのようだった。

別の部屋からテオがひとりごとを言っているのが聞こえてきた。昼寝から目覚めたらしい。テオを見てくるというのを口実にして、イーデンは急に雰囲気が重くなった部屋から出た。

テオはベビーベッドのなかで起きあがり、手にしたお気に入りの紫色をした恐竜のぬいぐるみに向かって、意味不明のことをしゃべっていた。

長身のアリスティドに似たらしく、テオはすでに手に余るほど成長していた。イーデンはテオを抱きあげた。「あなたはほんとうに大きな子ね」

テオはイーデンのブラウスをつかんで、彼女の腕のなかで立ちあがろうとした。「ママ……ママ……」しゃべれる言葉は少ないものの、テオは使う言葉の意味はちゃんとわかっていた。

イーデンはテオを抱きしめて頬にキスをした。

「機嫌はどう？　うん？　いい子ね」

もう一度キスをすると、テオはイーデンの首にしがみついてきた。

「ママ」テオが満足そうにため息をつく。

イーデンは微笑した。テオは、わたしを愛しているのだろうかと疑問を感じないですむ唯一の男性だ。父の愛にも、アリスティドの愛にも疑わしいところがあるが、この子だけはちがう。

「おむつは濡《ぬ》れていない？」彼女はテオを寝かせた。テオは笑い、足をばたばたさせた。

パジャマのズボンを脱がすと、テオはうれしそうに声をあげ、身をよじった。「パ……パ……パ」

アリスティドの笑い声がし、イーデンは夫が近づいてくるのに気づいた。一瞬後、体温を感じ、彼女はアリスティドがすぐうしろにいるのを知った。

夫はうしろから手を伸ばして、テオの頬に触った。

「やあ、愛する息子《アガペ・ム》」

テオはふたたびうれしそうに声をあげ、父親に近づこうと身をよじった。アリスティドは大きな手でテオの体を押さえて、ギリシア語で話しかけた。そのあいだにイーデンはおむつを交換した。以前にもおなじことを何度もしている。アリスティドが記憶を失ったことが嘘のように思えた一瞬だった。

彼女がテオを抱きあげられるようにと、アリスティドがうしろにさがると、息苦しさが消えた。

「ぼくが抱こう」イーデンはテオをアリスティドに渡したが、アリスティドが自分に触れないようにしていることに気づいた。

髪をタオルで拭《ふ》きながら、寝室に入ってきたアリスティドが、ぴたりと足を止めた。「きみもここで寝るのかい？」

　イーデンはネグリジェを着た体のうえに上掛けを掛けた。病院で着ていたパジャマ同様、新たに買ったものだ。アリスティドとつきあいだしてから、彼女は寝るときになにも着ないようになっていたが、自分を忘れてしまった夫と裸で眠るのは無防備な感じがした。

「どこで寝ればいいの？」彼女は当惑してきいた。

「テオの部屋で寝るんじゃないのか？　あの子はこの一週間あわただしい生活を余儀なくされていたと、きみも病院で言ってたじゃないか」

「この四日間はテオと寝たけど、あの子は大丈夫よ」テオはぐっすり眠っていたから、わたしが一緒だったことにも気づいていないだろう。「あなたが帰ってきたので、今はお義母さまとヴィンセントがテオの部屋で寝ているわ」

「夜中に目を覚ましたとき、母親がそばにいてやるほうがテオも安心できるんじゃないのか？」

「テオは生後四カ月のときから朝まで目を覚まさないで眠るようになったわ」

「でも今は状況がちがう」

「そんなことないわ」

「ぼくが退院したからかい？」

「わたしが退院したからよ。テオはパパがいないことには慣れてるわ」

　アリスティドは顔をしかめた。「仕事があるからね」

「仕事が最優先なのはわかっているわ」

「でも、きみはそれが気に入らないんだろう？」

「喜ぶ女性がいるかしら？」イーデンはため息をついた。現在の状況の解決にならない話はしたくなかった。「でも、重要なことじゃないわ」

「ぼくたちの結婚の話じゃないか……重要じゃないとは思えないね」

「あなたは結婚したことさえ忘れているじゃない」

「でも、夫としての責任感は持っている」

「いいこと？　覚えていない過去の話をするのは時間の浪費だわ。わたしの言うことを信じる気がないのだから」

　それはすでにはっきりしていることだった。

　アリスティドが肩をすくめるのを見て、イーデンは自分の疑いが正しかったのを知った。

「他人と変わりない女と一緒に眠るのがいやなのね？　もちろん、いやよね。わたしもばかね。そのことを考えていなかったんだから。いいわ、わたしはほかの部屋で寝るから」

「ばかなことを言うな。きみはぼくの妻だろう」

「でも、他人と変わりないわ」

　アリスティドはなにも言わなかった。だが、沈黙は彼女の知りたかったことを告げていた。

　イーデンはなにごともなかったかのように夫婦のベッドに入った自分の愚かしさが信じられなかった。悪妻にされたショックのせいで、わたしはアリスティドが弱気になっているのを隠していることに気づかなかった。彼はぜったいに弱みを見せない男性だ。

　イーデンは傷ついたのを顔に出すまいとして、無言でベッドから出た。アリスティドの記憶喪失は潜在意識がわたしを忘れたかったために起きたのかもしれないが、それは彼自身の責任ではない。

　アリスティドは寝室を出ようとするイーデンの腕をつかんだ。「他人同然といっても、きみはぼくの妻なんだ。ぼくと一緒に寝るんだ」

「いいのよ、アリスティド、ほんとうに」

「きみが言ったように、家族の感情を乱したくないんだ。朝になってきみがちがう部屋にいるのを知って、母が喜ぶとは思えないからね」

それはそうだ。「お義母さまより早く起きるわ」
「無理だね。ぼくにもそんな芸当はできない」
そのとおり。義母の睡眠時間は少なかった。イーデンは肩越しにベッドを見た。キングサイズのベッドだ。

このサイズなら、体が触れることなく朝まで眠れるかもしれない。「あなたがいやじゃなければ」
「ぼくが神経質な乙女みたいな言い方だね」
イーデンは笑った。「そこまで見当はずれのことは想像不可能ね」

向き直ったイーデンは、アリスティドがタオルを落としてベッドに入るのを見て、息をのんだ。

大きなベッドとはいえ、裸のアリスティドと一緒に寝ているのに、手を伸ばして彼に触れられないのは拷問とおなじだ。安らいで眠るどころではないだろう。

イーデンはベッドの反対側に行き、上掛けの下にもぐりこみ、端に近いところで横になった。アリスティドが出張で何日もいなかったときも、これほど寂しい気持ちになったことはなかった。

やがて、イーデンはとぎれがちな眠りに落ちた。

寝ているあいだに移動したらしく、夜明けまえに目が覚めたとき、イーデンは夫の腕のなかにいた。

彼から離れなければ。気づかれたら、わたしはまた気まずく感じるだろう。でも、彼の腕に抱かれていると、安全で気持ちいい。イーデンはそのままじっとしていた。息をするのもためらわれた。悪夢のような日々が続いているなかで見つけた小さな楽園。彼女はこのひとときを終わらせたくなかった。

アリスティドの匂《にお》いを求めて、イーデンは少し体を近づけた。次の瞬間、彼女は仰向けになって、熱いキスをされていた。

5

こういうことは初めてではなかった。

完全に目覚めていなくても、アリスティドがわたしに愛の行為をはじめることは以前にもあった。だが、今回ばかりは確信が持てない。アリスティドが頭に思い描く女性は、わたしではないかもしれない。でも、そんなことはどうでもいいという気もする。唇をむさぼるアリスティドのキス、わたしの体を熱くする大きな体。

イーデンは飢えたようにキスを返し、アリスティドのたくましい背中に両手を這《は》わせた。

ああ、わたしが求めていたのはこれだわ。少なくとも、あるレベルではわたしたちはまだ通じ合っている。それがよくわかる。

アリスティドはイーデンが着ていたネグリジェを脱がせ、胸のふくらみを手で包んだ。先端はすぐに反応して硬くなり、愛撫《あいぶ》を求めた。イーデンが背中を反らすと、アリスティドは無言の合図に応《こた》えて、首から胸へと唇を這わせていき、イーデンが欲望のうめきをあげるまで舌で柔らかい肌をくすぐった。そして、胸の先端を舌で転がしながら、強く吸った。快感に、イーデンの目に涙が浮かんだ。

彼女はアリスティドの黒い髪をつかんだ。「ああ、アリスティド……ダーリン」

彼は胸から唇を離し、息を吹きかけた。「ベイビー、なんて甘いんだ」アリスティドは彼女の胸元で言った。さらにギリシア語でなにやらつぶやいたが、声が小さくてイーデンには聞きとれなかった。

ベイビー？　アリスティドはこれまでわたしのことをそんなふうに呼んだことはない。一度もない。

アリスティドがイーデンの脚のあいだに手を這わせ、慣れた動きで快感を生みだすと、彼女の困惑した心はばらばらになった。頭はわたしを忘れたかもしれないけれど、アリスティドの体はどうすればわたしが喜ぶか覚えている。

イーデンはアリスティドの欲望のあかしに触れた。たくましくて、わたしにぴったりと合う。彼女はそっと指を巻きつけた。

アリスティドはうめいた。「そうだ、ベイビー。そうやってぼくに触ってくれ」

イーデンは歯を食いしばってみたが、質問を止めることはできなかった。「わたしの名前は？」

アリスティドが顔をあげたが、表情は読みとれなかった。「なんだって？」

「わたしはだれ？」

「ぼくの恋人」

アリスティドは唇を重ねて、うっとりするようなキスをした。だが、イーデンの心の一部はキスに溺《おぼ》れるのを拒絶していた。どんなに彼の愛撫とキスがすばらしくても、アリスティドがわたしを認識しているのかどうか確かめなくては。彼の頭のなかの幻でも……実在のほかの女性でもないことを知りたい。

至福の数秒が過ぎると、アリスティドはふたたび首から胸へと唇を這わせはじめた。

イーデンは思いきって言った。「あなたが愛を交わしているのはだれ？」

アリスティドは胸から唇を離し、顔をあげた。

「どういうことなんだい、イーデン？」

安堵《あんど》感が全身に広がった。「なんでもない。いいの」アリスティドはわたしの名前を言った。

彼はさらにきいた。「なにを気にしている？」

「わたしのことをベイビーって呼んだでしょう」

「いつもはそう呼ばないのか？」

「ええ」

「普段はなんて呼んでいた?」

「イーデンか……いとしい人《イネカ・ム》」〝妻〟と〝彼の女〟という二つの意味を持つその言葉が好きだった。

「きみがぼくの人生の一部だったことを思い出せない以上、きみを〝いとしい人〟とは呼べないよ」

謝り口調だったものの、イーデンの情熱は消えていた。「確かにそうね……だったら、わたしの夫だってことはどう認識しているの?」

「自分が夫だという実感はないね」あまりそのことを気にしているような口調ではなかった。アリスティドの腕のなかで目を覚ましたときの安心感と、そのあとの官能の霧はもう残っていなかった。

イーデンはアリスティドを押しのけた。「わたしにはできないわ」

アリスティドは彼女のいちばん敏感なところを撫《な》でて、うめき声を引きだした。「できると思うよ」

「でも、いやなの」

「どうして?」

「あなたはわたしたちが結婚していると心から思っていないからよ」

「でも、頭では理解しているよ」アリスティドはイーデンの手をつかんで、結婚指輪に触った。「この指輪がぼくの妻だってことを宣言している」

イーデンはアリスティドの心臓があるあたりに手を押しあてた。「でも、ここでは、わたしはあなたの人生とは関係がないと言ってるわ」

「きみがほしいんだ」

「欲望のために、でしょう」

「なにが問題なんだ? まえは細かいことにこだわらなかったはずだ。そうじゃなかったら、息子もできなかったし、結婚もしていなかった。それとも、あれは金を手に入れるための計画だったのかな」

「ひどいことを言うのね」アリスティドはまたわたしとアンドレアを同一視している。耐えられない。

「そうかな？　真実はかならずしも気持ちのいいものじゃないよ」

心が痛んだが、イーデンは泣かなかった。アリスティドのまえでは泣きたくない。「体をどけて」

「なぜだ？　友好的な取り決めができると思うんだけどね。ぼくには金があって、きみをほしいと思っている。教えてくれ。前回セックスをしたとき、きみはその見返りになにを手に入れた？」

イーデンは夫の肩を拳《こぶし》で叩《たた》いた。「どいて」

アリスティドが脇《わき》に体を転がすと、彼女はすぐにベッドから出た。

「あなたがなにをくれたか知りたいのね？」

「知りたいね」アリスティドは皮肉っぽく言った。

「わたしはあなたのもので、あなたはわたしのものだという認識よ。あなたはわたしという人間を求めたわ。体だけじゃなくて。あなたは喜びを与えてくれたけど、それはあなたの愛撫が上手だという意味じゃないわ。優しさをくれたからよ。愛を感じなかったにしても、安心できたし、うれしかったわ。でも、今はけがらわしいとしか感じられないの」

イーデンは急いでバスルームに入っていった。

アリスティドは体を起こした。激しい欲求不満を感じていた。けがらわしい？

ぼくは夫だ。見知らぬ男が体を求めたのとはちがう。ぼくは彼女を思い出せないかもしれないが、いまいましいことに向こうはこっちのことを覚えている。確かに結婚している気はしないけれど、独身だという感じもない。女の理屈はわからない。

イーデンのすすり泣く声が聞こえてきた。

ここまで彼女を追いつめるべきではなかったかもしれない。さっきの言葉は本気ではなかった。結婚のことを考えると、否定的な感情が生まれてくるとはいえ、ぼくはセックスのために金を払う男ではない。それは充分、承知している。

いやな気分だ。欲求不満のときは特に機嫌が悪くなる。彼女もわかっているにちがいない。だが、たぶん彼女は普段はノーと言わなかったのだろう。そう考えると、体がうずく。

あんなふうに彼女をなじるなんて、どういうつもりだったんだ？

イーデンがほしかった。彼女への欲望で目を覚まし、欲望に従って愛の行為をはじめた。だが、ベイビーと呼んだことで、彼女は感情を害した。普段はイネカ・ムと呼ぶと言っていた。だが、奇妙な気がする。あれは特別な相手に使う呼びかけだ。

嫌っているはずの妻をそう呼んでいたのだろうか？

今、あの言葉を使うには抵抗がある。あの言葉を使えば、彼女は迎え入れてくれただろう。結婚しているのだから、口にするのはたやすいはずなのに、実際はちがった。口に出して言えなかった。

ガールフレンドに言ったことは一度もない。確かにぼくは所有欲が強いが、深い意味を持つ〝イネカ・ム〟を使ったことはない。ぼくが使っていたと言うが、イーデンがそう言っただけにすぎず、真偽のほどはわからない。しかし、彼女が嘘《うそ》をつかなければならない理由はない。

心では結婚していると思っていないから愛を交わしたくないと言われて、イーデンのことをどう考えていいかわからなくなった。彼女の策略だとも思えない。いずれにしても、彼女と性的な関係を持つのは疑問だ。

ぼくは女性に嘘をついたことはないのだから。言葉でも、行動でも。

誠実であろうとするなら、ベッドはともにできない。さっきのように睦《むつ》み合って、心地よいと感じるのもよくない。我を忘れ、嘘をついてでも愛の行為に及びたいと思ったほどだったが。つまり彼女の持つ肉体的魅力が大きすぎるということだ。ほかの女性には感じたことのない魅力。その魅力に屈してもいいものか、アリスティドには確信が持てなかった。

「どうしてテオとわたしがギリシアに帰らなきゃいけないかわからないわ」

アリスティドは顔をしかめた。家族と一緒に二人を帰すと決めたほんとうの理由は言いたくなかった。

セックスを控える自信がなかったのだ。そばにいる時間が長くなればなるほど、彼女がほしくなる。

欠落した記憶の悩みだけで手いっぱいだ。セックスの問題まで抱えこみたくなかった。

イーデンは記憶が戻らないかぎり、肉体関係は持ちたくないと言っている。記憶喪失は潜在意識が故意に起こしたものだと考えているかららしい。またその原因も彼女にはわかっているようだった。

「九カ月の赤ん坊にとって、ホテルの部屋はいい環境とは言えないからね」

イーデンは彼をにらんだ。「寝室が二つある続き部屋を単にホテルの部屋と言うなんて、あなたの基準が高すぎるのよ。たくさんの人がここより狭いアパートメントで子供を育てているわ」

「庶民と一緒にしないでくれ。ここでテオに窮屈な思いをさせることはないよ。子供の安全と快適さを考えて造った家が、ギリシアにあるじゃないか」

「ここにいるあいだにクリスマスの買い物をするつもりでいたのよ」

アリスティドは義理の大叔母の金遣いの荒さを思い出した。「この四日のうちに買えたはずだよ」

「あれこれ考えることがあって、買い物に行く気にもならなかったわ」

「ぼくが心配で、買い物のメッカ、ニューヨークにいながら、買い物に行かなかったというのか？」

「わたしの言葉を信じてくれるとは思ってないわ。今まで信じなかったんだから」イーデンはドアに向かって歩きだした。「いいわ、あなたの家族とギリシアに帰るわ。記憶をなくすまえも、わたしと一緒にいたがる様子を見せなかったんだから、当然ね」

アリスティドは肩をつかんで、出ていこうとするイーデンを引き留めた。「きみと一緒に過ごすのをぼくがどうしていやがるんだ？」

「〝いやがる〟とは言ってないわ」

「きみは――」

「わたしと一緒にいたがる様子を見せなかったと言ったのよ。意味がちがうわ。あなたはいつでも仕事を優先してたってことよ」

「きみのせいで家に寄りつかなかったんじゃないのはわかっているだろう？」

イーデンはアリスティドから離れようと身をよじった。「好きなように考えて」

いまいましい。なんでイーデンは気落ちしたような口調でしゃべるんだ？

悲しそうな目をして、イーデンは寝室のドアのほうを見た。「あなたの質問だけど……うちでの生活を退屈で不愉快だって思っているのははっきりしていたわ。そうじゃなかったら、もっと家で時間を過ごしていたはずよ」

「深刻な顔して、なにを考えてるの？」

アリスティドは母親を見あげた。フィリッパ・クーロスは心配そうな目で息子を見つめていた。

彼女は孫がいるとは思えないほど若々しい女性だった。アリスティドも母が再婚したのになんの驚きも感じなかった。遅すぎたくらいだった。

アリスティドの父親、エウゲニオスよりかなり年下で、彼が他界したときもまだ若かったが、夫を愛していたため、再婚するまでに十年以上の歳月がかかった。レイチェルの父親と知り合わなかったら、再婚しなかったかもしれない、とアリスティドは思っていた。レイチェルの行方を突きとめるのに何年も費やし、心が傷ついていたヴィンセントを見て、フィリッパの優しい心が動き、最初は同情だったのが、やがて本物の愛へ変わったのだ。

「妻を思い出せない状況がいやなんだ」

「当然よ。あなたの記憶喪失は夫婦のどっちにとっても、つらいものだわ」

「みんな、そう言うけどね」

「あなたは自分の弱みを認めたがらないけど、記憶の欠如に恐怖を感じてるのはわかるわ」

アリスティドは記憶喪失を思い悩みたくなかった。自分ではどうにもならないので無視していたのだ。

それよりもっと気になる問題があった。「ぼくの結婚生活はうまくいってたのかな？　結婚生活はこうじゃなきゃという形で」

母の目がショックに見開かれ、続いて細められたが、それがどんな感情なのかは読みとれなかった。

「どうしてわたしにそんなことをきくの？」

「彼女を忘れたのにはなにか理由があるとルイス先生は考えていた。母さんならその理由を知ってるんじゃないかって思ったんだよ」

「イーデンはいい奥さんよ」母が嫁の味方をしたことに驚きはなかった。

母は常にレイチェルをかばう立場をとっていた。イーデンについてもおなじなのは疑うべくもない。だが、アリスティドは正直な気持ちを聞きたかった。

「母さん、重要なことなんだから」

フィリッパはため息をついた。アリスティドは母が気まずそうにするのを見て、なにか知っていると確信した。

「ぼくは結婚する覚悟ができていなかったから彼女を忘れたんだって、イーデンは言ってるんだ」

「ばかげてるわ」母は怒りに満ちた声で言った。

「わたしの息子はそんな意気地なしじゃないわ！」

「ぼくもそう思っている」

「でも……」母は唇を噛《か》んだ。

「なんです？」

「あなたもイーデンも、結婚生活の愚痴を言ったことはないわ。それをわかってほしいの」

「でも、なんとなく気になることはあった」

母はうなずいた。「ときどきあなたが無頓着《むとんちゃく》で、無邪気なほど自己満足しているように感じることがあったわ」

「ぼくが？　イーデンじゃなくて？」

「ええ」

「なにを言いたいんです？」

「さっき、結婚生活はこうじゃなきゃという形でうまくいってたかと質問したけど、そうは思えないことが何度もあったわ」

「ぼくはテオとの関係を保つために彼女と結婚したのかな？」

「それがあなたを結婚に踏み切らせた大きな理由じゃないかってことは考えたわ。黙っていたけど、わたしはいつもあなたたち夫婦に本物の愛情がもっとあればと思っていたのよ」

「愛情があるようには見えなかった？」

「あなたは自分のことをほとんど話さないからね、アリスティド。兄さん以上に。昔からあなたの気持ちを読むのはたいへんだったわ」

「言い換えれば、ぼくたち夫婦が愛し合っていた証拠はないってわけだ」

「そうは言ってないわ。男性って、すぐに結論に飛びつく悪い癖があるわ。お父さんもおなじだった」

ヴィンセントが二人のためにお茶を運んできたので、話は終わった。母が指摘したように、アリスティドは自分のことを話したがらない性格だった。彼は義理の父親のまえで結婚の話はしたくなかった。

イーデンはアリスティドの飛行機の到着を待っていた。一緒にいなかったのは三日間にすぎなかったが、神経が張りつめていた。夫の帰国になにを期待したらいいのか、わからないからだろう。わたしのことを思い出したかしら？　いいえ、思い出したなら、電話をかけて知らせてくれたはずだ。

これまでは旅行に出れば、一日に数回、電話をしてきてテオやわたしの様子をきいていた。今はその電話が懐かしい。

アリスティドがいないのはひどくつらかった。自分が離婚するつもりでいたことが信じられなかった。三日間でもこんなにつらいなんて。残りの人生をアリスティドなしで生きていけるはずがない。

わたしに選択の余地は残っているのだろうか？　ない場合を考えると、怖くてたまらない。

アリスティドは帰国を知らせる電話しかかけてこなかった。仕事はうまくいったようだった。うれしかったのは、カサンドラに頼まず、アリスティド本人が電話をかけてきたことくらいだ。

アリスティドが自分を先に帰国させ、カサンドラとずっと一緒だった事実には今も心が痛んでいた。

よく考えれば、アリスティドの決断も理解できなくはない。セックスを拒絶しなければよかった。

彼は呼吸とおなじようにセックスを必要としているが、同時に自尊心も重んじる男性だ。セックスを拒絶したから、彼はわたしを帰国させたのだ。性衝動の強いアリスティドには、わたしがそばにいては誘惑が大きすぎて困るからだったのだろう。

あのときはそこまで考えていなかった。結局はカサンドラを喜ばせただけなのかもしれない。

もしあのとき愛を交わしていたら、アリスティドは記憶をとりもどしたのではないだろうか、とも思う。結婚生活のなかで、セックスだけはうまくいっていた。愛を交わしていたら、わたしが怪物のような妻でないことも彼に証明できたかもしれない。

ベッドのなかでは、アリスティドも愛を隠そうとせず、どれほどわたしが必要か言ってくれた。彼が求婚したのもベッドのなかだ。父親の死の影響、大叔父の不幸な結婚、家族のこと、母親の再婚。どの話もすべて、愛を交わしたあとで、ベッドのなかで聞かされた話だ。

ベッドをともにするのを拒絶したことで、彼が記憶をとりもどす大きな可能性を捨てたかもしれない。

アリスティドを空港に迎えに来たのは、家へ向かう車中で、妻の務めを果たしたいと伝えるためだった。家にはフィリッパとヴィンセントがいる。二人だけで邪魔されずに話ができるのは今しかない。

アリスティドがフィリッパに自分の結婚について質問したことは、彼女から聞いていた。アリスティドが混乱し、疑念でいっぱいな証拠だ。

結婚生活に対してフィリッパが、あなたが無頓着で、無邪気なくらい自己満足していたとアリスティドに意見を言ったと聞き、イーデンはうれしく思った。

愛しているならどんなことでも我慢しろ、とアリスティドは思っていたのだから。

一緒にいてくれないことでわたしが傷ついていたことも、それが積もり積もって結婚生活にダメージを与えていたことにも彼は気づいていなかった。わたしが社交行事の出席をよく断ったのも、カサンドラが来ると知っていたからだが、彼は理由がわかっていなかった。

アリスティドが記憶をとりもどしたら、これらの問題を話し合おう。そして、医師にまだ話すなと言われた妊娠のことについてもいろいろと話したい。

彼の記憶喪失のせいで、結婚生活は動きがとれない状態になっている。愛の行為で彼の記憶が戻るのだとしたら、結婚生活を前進させるために、アリスティドと愛を交わそう。

「イーデン、ここでなにをしているんだ？　アルドはどこなんだ？」アリスティドの口調はうれしそうではなかった。予想どおりの反応だった。

「リムジンをキャンセルして、代わりに来たの。まえは迎えに来てくれるとうれしいと言ってたから」

それはリムジンの後部座席で愛を交わせたからだった。しかし、今はまだそこまでの心の準備はできていなかったので、リムジンは使わなかった。

「以前はそう言っていたのかい？」

「ええ。運転しているあいだに話もできるし」

「運転はぼくがする」

「ベンツで来たのならいいけど」アリスティドの背後からカサンドラが口をはさんだ。「ニューヨークに二週間もいたから、荷物がたくさんあるのよ」

イーデンは失念に気がついた。ばかなわたし。カサンドラのことを忘れていた。カサンドラもアルドの運転するリムジンで帰るはずだったんだわ。

「買ったものは送らせればよかったのよ」イーデンは言った。

「時間がなかったの」カサンドラはアリスティドにほほ笑みかけた。「アリスティドが買い物に連れていってくれたんだけど、飛行機の時間ぎりぎりまで買い物をしていたものだから」

カサンドラをうれしがらせるだけだとわかっていたが、イーデンは身を縮めずにはいられなかった。一緒にクリスマスの買い物をニューヨークでしたかったのに、わたしは断られた。だが、アリスティドはカサンドラとの買い物はいやではなかったらしい。

「ジャガーに乗ってきたの」イーデンは夫を見た。「あなたはジャガーを運転するのが好きだと思って」

「あの車じゃ小さすぎるな」

そのとおりだった。「カサンドラには、アパートメントまでタクシーで帰ってもらうほうが快適かもしれないわね」イーデンは言った。

カサンドラは不快そうに顔をしかめた。「わたしが手配した車をあなたがキャンセルするとわかっていたら、車を呼んでおいたのに。でも、タクシー乗り場で順番待ちの列に並ぶしかないようね」

「ばかなことを言うな。イーデンが変更したことなんだから、彼女にはここで待っていてもらって、ぼくがきみをアパートメントまで送っていくよ」

わたしのことはすべて後まわしなのね、とイーデンは言いそうになったが、すぐに開いた口を閉じた。それこそ、カサンドラが望んでいる反応だろう。彼女はふたたびタクシーで帰ると言い、アリスティドはわたしを意地の悪い女だと思うだろう。

今回も考えが足りなかったようだ。アリスティドの好きなジャガーに乗ってきたのは、彼を喜ばせるつもりだったのと、ベンツよりもジャガーのほうが、乗ったときに親密な雰囲気がするからだった。カサンドラのことは完全に失念していた。自ら墓穴を掘ったというわけだ。

でも、アリスティドがカサンドラを送っていき、ひとり空港で待っているのはいやだ。「その必要はないわ。カサンドラをアパートメントまで送っていって、また空港に戻ってくるのはたいへんよ。小柄なわたしが後部座席に乗るわ。荷物が多くても、なんとか座れるわ」二人に反論する隙《すき》を与えず、イーデンは駐車場へ向かって歩きだした。

6

カサンドラを降ろしてしまうと、イーデンの気分はわずかながらも、よくなった。

車中でカサンドラはイーデンを会話からはずそうとしたが、今回はアリスティドがそうさせなかった。彼はテオやほかの家族について矢継ぎ早に質問をし、イーデンも熱心に返答した。

「ミーティングはうまくいったの？」カサンドラを降ろして、アリスティドが車を発進させると、イーデンはきいた。

「聞いているだろう」

その話はこれで終わりというわけね。「あなたがいないあいだ、わたし、いろいろ考えたの」

「なにか建設的な考えが浮かんだかい？」

「ええ、そう思っているわ」

「教えてほしいね」

「ニューヨークでセックスを拒んだのはまちがいだったと思ったの。神経質になりすぎていたのね」

緊張したのか、アリスティドの表情が変わった。わたしの嫌いな超然とした顔。締めだされたような気分になる。「逆だと思うな。セックスは今のぼくたちにとっては建設的なこととは言えないよ」

「建設的じゃない？」イーデンは自分の耳が信じられなかった。

アリスティドは顎をこわばらせていた。「当分のあいだ、ぼくは客用寝室で寝るつもりだ」

「客用寝室？」

「ぼくの言ったことをぜんぶくり返すつもりなのかい？」アリスティドは冷ややかに言った。

「いいえ」イーデンは気持ちを引き締めようとした

が、アリスティドの発言に仰天したせいで、なんと言っていいかわからなかった。「うちにはお義母《かあ》さまとヴィンセントがいるのよ」

「それで？」

「どうして客用寝室で寝るのかってお義母さまにきかれたときの答えを用意してあるの？」

「わかってくれるよ」

「なにも言わなくてもいいってこと？　それとも、説明すればわかってくれると思うの？」

「どっちでも構わないだろう？」

「ええ、そうね」アリスティドには説明する気がないらしい。それは客用寝室で寝ることとおなじくらい大きな意味を持っているように思えた。イーデンは頭をはっきりさせようとして、首を横に振った。アリスティドは本気でわたしとのセックスを拒絶しているのだ。イーデンには信じられなかった。「でも、禁欲生活なんて、あなたらしくないわ」

「ぼくは原始人じゃないよ。結婚は性衝動を満足させるためだけのものじゃないだろう」

「ほかのところでその衝動を満足させるつもりなんじゃない？」イーデンは心痛を感じながら、非難した。アリスティドにとっては、貧乏をするよりもセックスのない生活のほうがつらいにきまっている。

「なにを言いたいんだ？」

「ニューヨークで、あなたは結婚している気がしないと言ってたでしょう。つまり、結婚の誓いに束縛されている感じがしないってことじゃないの？」

「ほかの女性とベッドをともにするつもりはないよ」

「あなたがいつまで続くかわからない禁欲生活をするなんて信じられないわ」

「どうして？　ぼくは出張が多い。女癖の悪い男だったら、きみは結婚を続けていなかったと思うけどね」アリスティドは嫌みたっぷりな口調で言った。

「確かにそうだけど」

「ぼくはきみのことも、結婚生活のことも思い出せないけど、自分のことはわかる。ぼくは妻以外の女性に手を出すような男じゃない」

「断言できる？　カサンドラはそういうことには頓《とん》着《ちゃく》しないようね。あなたと恋人になったと彼女は言ってたわ。彼女のことは忘れていないんだから、当然、そのことも覚えているでしょう」

「嫉妬《しっと》心から、きみがぼくたちのことをなにか誤解しているとカサンドラは言ってたよ」

「そんなことを？」イーデンは窓の外を見たが、夕暮れの風景は目に入っていなかった。「それじゃ、あなたたちが恋人同士だったと彼女から聞いたと言っても、わたしの妄想だと思うのね？」

イーデンはアリスティドに見られているのを感じたが、目を向ける気にはなれなかった。彼に拒絶されたことからまだ立ち直っていなかったからだ。結婚生活で確かなものがあったとすれば、それは自分に対するアリスティドの欲望だった。愛情を疑ったことはあっても、彼の欲望を疑ったことはない。なのに、今はわたしをほしくないと言っている。

アリスティドはカサンドラと浮気をしているのだろうか？　客用寝室で寝ると言われ、事態が変化した今、その可能性を考えずにはいられない。

「いつカサンドラがそんな話をしたって言い張るんだい？」アリスティドが言った。

夫の言い方に、彼女は怒りがこみあげてくるのを感じた。「言い張ってなんかいないわ。事実を話しただけよ。あなたの退院のまえの日、病室を出たら彼女が待っていて、口論になったときのことよ」

「そのとき、ぼくたちが恋人だと言われたのかい？」アリスティドは信じられないという口調できいた。

「正確にはちょっとちがうわ」

「なるほど……」

イーデンは向き直って、夫を見た。「愛人じゃないという確証はあるのかときいてきたのよ。あの質問にあなたたちが情事を楽しんでいるって含みがないとしたら、どう考えていいのかわからないわ」

「それだから、彼女を引っぱたいたのか？」

「ちがうわ」イーデンは口を開いたものの、どう説明すべきかわからなかった。

カサンドラは遠まわしな皮肉を使って、巧みに脅してくる。あのときの会話を正確に再現してみても、わたしのしたことは当然だったとアリスティドを納得させることはできない。あの場にいて、わたしの心を知らなければ、理解はできないだろう。

カサンドラがわたしたちの結婚をひそかに壊そうとしている、と彼が気づく可能性はあるだろうか？事故のまえ、可能性はほとんどなかった。夫がわたしを忘れ、信用もしていない今はゼロだ。

二人のあいだに沈黙が降り、イーデンはふたたび窓の外に目を向けた。

「なんでカサンドラを引っぱたいたのか、話さないつもりか？」

「話しても意味がないわ」

「彼女と話し合う必要が出てくるかもしれない」

「あの口論は彼女のせいじゃないって、もう結論を出しているじゃない」

「まだ知らない事実がある気がしてきたんだ」

「すべてを知っても、なにも変わらないわ。責められるのはわたしにきまってるもの。あなたはなんでも彼女に有利に解釈したがるからよ。昏睡《こんすい》から覚めて以来、ずっとわたしを悪者扱いしているわ。妻だというのに、わたしの味方には一度もなってくれないんだから、なにも言うことはないわ」

「カサンドラは病院で付き添ってくれたけど、きみはちがった。彼女は献身的な社員で、長年の友達だよ。記憶にない女がカサンドラのことをあれこれ言っても、信じられないね。昏睡から覚めたときも、カサンドラのことは覚えていたんだ。どうしてなのか、考えざるを得ないだろう」

イーデンは胸が張り裂けるような思いを感じた。

事故後、病院で意識をとりもどした瞬間から、わたしはなんとしてでも結婚を守ろうと決めていた。アリスティドを愛していて、彼なしでは心が死んでしまうと思ったからだった。でも、死にはしなくても、彼はこうやってわたしの心を傷つけている。

アリスティドの冷たさを考えれば、わたしの愛は彼にとってなんの意味もないのだろう。この事実を受けいれるべきかもしれない。

考えたくはないが、これからのわたしと子供たち、夫と子供たちの関係はどうなるのだろう？

家に着くと、テオの様子を見に行ったアリスティドには構わず、イーデンはメイドに手伝わせて主寝室からアリスティドのものを客用寝室に運びはじめた。四十五分後、アリスティドが現れたときには、たんすは空になり、服もほとんど運び終わっていた。

アリスティドは手にスーツケースを持っていた。

「いったいなにをしてるんだ？」

「あなたの部屋は廊下の先よ」

メイドがアリスティドのスーツを何着も抱えて、ウォークイン・クロゼットから出てきたので、イーデンは彼女が通れるように、脇《わき》に寄った。

彼は動こうとしない。「ぼくの服をどこに持っていくんだ？」危険なほど優しい声できいた。

メイドはすくみあがったが、イーデンはアリスティドの怒りにひるまなかった。彼の望みどおりのことをしているだけではないか。

「彼女はあなたのスーツを新しい部屋に運んでいるのよ」

「新しい部屋？」

「ええ。もうすぐ終わるわ。あなたのものをわたしたちの……わたしの寝室から運びだしたの」

「ぼくたちの寝室から完全に向こうに移ろうってわけじゃない」

「でも、あっちの寝室で眠るんでしょう？」

「当分は」

「あなたのものをぜんぶ移せば、なにか見つからないとき、二つの寝室を捜す手間が省けて楽よ」

　アリスティドが言葉を失ったのを見るのは、知り合って以来、このときが初めてだった。心が傷ついていなければ、笑っていたかもしれない。

「よければ、バスルームのものも運ぶわ」

「いいかげんにしろ、イーデン！」

「どうしたの？」フィリッパが心配顔で戸口に現れた。「メイドがアリスティドの服を客用寝室に運んでいるのを見たんだけど」

「アリスティドがほかの部屋のほうが気持ちよく眠れるって言うんです……しばらくのあいだは。お義母さまならわかってくださるから、説明の必要もないと考えているようです」

　アリスティドはイーデンがまわれ右をして、バスルームに入っていくのを見つめていた。

　フィリッパは息をのんだ。「アリスティド？　イーデンは……」

「今は別の部屋で眠りたいと言ったら、もうこの部屋はぼくのものじゃないと解釈したようです」

　イーデンがフィリッパに言った言葉は辛辣《しんらつ》だったが、イーデンの目のなかの傷ついたような色を見て、アリスティドの心も傷ついていた。イーデンはぼくが彼女を求めていないと思っているのだろうか？　実際はその逆だった。でも、夫婦関係が混乱している今、セックスで問題を複雑にしたくない。互いに調整のための時間が必要だ。

だが、さきほどのイーデンの表情からすると、彼女はそうは考えていないようだ。別室で眠りたいというのを拒絶と受けとっている……そういうつもりはないのに。

アリスティドが小声で毒づくと、フィリッパが批判するように顔をしかめた。

「別の部屋で寝たいってイーデンに言ったの？」

「言いましたよ」アリスティドは答えた。

フィリッパは首を横に振った。「ばかげてるわ」

「今はただでさえ困った状況になっているんだ。セックスで問題をうやむやにしたくないんですよ」

フィリッパは彼を見つめた。息子の正気、あるいは知性を疑っているような目だ。おそらく、両方を疑っているのだろう。

母親とは話したくない話題だ。「もう決めたことなんだから、話し合うつもりはありません」

「母親に向かって、そんな話し方をしないで」

「不作法だったなら謝ります。でも、自分の結婚については自分の考えで問題を解決したいんだ」

「問題は、あなたが自分で解決できないことでしょう。解決どころか、すべてを悪化させてるわ。いいこと、アリスティド、あなたが結婚生活を混乱させたなら、その責任はぜんぶあなたにあるのよ」そう言うと、フィリッパは部屋を出ていった。

アリスティドは自分だけがルールのわからない異次元に入りこんでしまったように感じた。ニューヨークにいたときとちがい、母は結婚がうまくいかないのはすべてぼくのせいだと言っている。

ふたたび頭痛がしはじめていた。

イーデンが彼の洗面用具や化粧品を持って、バスルームから出てきた。「向こうの部屋のバスルームに置いておくわ」

最初に愛の行為を拒んだのはイーデンのほうだったにもかかわらず、彼女の全身にアリスティドに拒絶された心の痛みが見てとれる。どうやら彼女のほうは気持ちを変えたらしい。だから、ぼくが今、ベッドをともにするのに疑問を感じていることに理解が及ばないのだろう。

不吉な予感を覚え、アリスティドは息がつまりそうになった。「必要ないよ」

「そうは思わないわ」

アリスティドは切羽つまった気持ちに襲われた。怖くなり、別室で寝るという言葉を撤回しようかと考えた。だが、そうする間もなく、イーデンは主寝室から出ていった。

「イーデン！」アリスティドは呼びかけた。

聞こえなかったのか、無視しただけなのか、彼女はそのまま廊下を歩いていってしまった。

戻ってこい、と言おうと口を開いたものの、すぐにアリスティドは口を閉じた。こんなのはばかげてる。自分をさいなむ不合理な感情に負けてはいけない。ぼくはそんなに弱い人間ではない。

だが、自分が強い人間だとは感じられなかった。なにか大きなまちがいをしているような気がする。別室で眠るのは、記憶にない女性に対する激しい欲望への理にかなった対処方法だと思っていたが、それが正しい判断だったのか疑問に思えてきた。

そうでなかったら、こんなに混乱するはずがない。普段は冴《さ》えている頭が泥の塊のようにしか感じられない。だが、まちがった判断だったかもしれないと自分で認めるのはいいが、それをイーデンに白状するとなると、プライドが許さない。

しかたなく、アリスティドは自分が寝る客用寝室へと向かった。そこが主寝室からいちばん遠い客用寝室なのを意識せずにはいられなかった。

彼が部屋に入るのと同時に、イーデンがバスルームから出てきた。「これですんだわ。夕食のあいだにペトラが荷ほどきをしてくれるわ」

「それは妻の仕事じゃないのかい？」

「そうは思わないわ。それに、妻がいるって感じはしないんでしょう？」

　イーデンはわざとアリスティドを挑発したわけではなかったが、夫の青い目に怒りの火花が浮かぶのを見て、自分はこの反応がほしかったのだと思った。

　アリスティドは身のまわりの品や服を主寝室から移されたことがいやなのにちがいない。プライドが傷ついたのだろうが、それは自業自得だ。

「だったら、きみも結婚していないように自由に振る舞うのか？」アリスティドは辛辣にきいた。

「あなたほどじゃないにしても」どう解釈するかはアリスティドしだいだ。

　アリスティドは目を細めた。「ぼくが結婚の誓いを真剣に受けとめていないと思っているのか……車のなかでもおなじようなことを匂《にお》わせていたな」

　イーデンは肩をすくめた。「あなたはカサンドラとはベッドをともにしていないと言ったわね」

「でも、きみはぼくの言ったことを信じていない」

「そうは言ってないわ」

　アリスティドはイーデンの肩をつかんだ。怒りをたぎらせているようだった。「でも、そう考えている、ちがうか？　きみはぼくが秘書と浮気をしているから、自分もおなじように貞節の誓いを忘れてもいいと考えているんだろう」

「結婚したとき、わたしたち、そういうことは誓っていないわよ」イーデンはそれがいやだったことと、教会ではなく、役所への届け出結婚だったのに屈辱を感じたことを思い出した。

「ギリシアじゃ、結婚式でわざわざそういう誓いはしないんだ。当然のことだと考えられてるんでね」

「そんなことは知らないわ。わたしたちはニューヨークの役所で式を挙げたのよ。ほんの十分間の式だったのは、父もあなたも、スケジュールにそれだけの時間しか割り込ませられなかったからでしょう」

「まあね」

イーデンはため息をついた。緊張が消えていった。だが、あとに残ったのは疲れきった心と体だけだった。「父はお祝いの昼食に連れていってくれたあと、オフィスに戻ったわ。そして、あなたは夜になると、イギリスに発《た》ったのよ」

「母は登記所での結婚なんて、ぜったいに認めなかっただろうな」

「ええ。でも、わたしが妊娠二カ月になっていると話したら、認めたわね」

「結婚後、すぐに孫が生まれると知って、母は喜んだはずだよ」

「少し愚痴もこぼしていたわ。〝まず結婚、その次に子供というのが普通なのに、うちの息子は二人とも順番を守らない〟って。でも、お義母さまは孫がひとり増えることは喜んでいらしたわ」

アリスティドはしばらくなにも言わなかった。怒りを静めようとしているようだった。「妊娠したとき、すぐには気づかなかったのか？」彼はきいた。

「生理が来なくなって、二、三日でわかったわ。わたしはいやになるくらい周期が一定していたから」

「どうしてすぐぼくに言わなかった？」

「待つしかなかったのよ。あなたはギリシアにいて、電話では話したくなかったから」

「ぼくは人生の半分はニューヨークで過ごしている。きみはぼくがすぐ戻ってくると思ったんだね」アリスティドは正しく推測した。「ぼくたちが出会ったのもニューヨークなんだね？」

「ええ。わたしが父を訪ねてマンハッタンに出てきたとき、メトロポリタン美術館のまえで出会ったの。父が会議で会えなかったので、わたしはメトロポリタンに行こうとしていた。あなたは昼食の約束に向かっていたのよ。あなたは約束をキャンセルして、その日の午後、ずっとわたしと過ごしたの」

そのとき、自分とおなじく、アリスティドも自分に好感を持った様子だったのはイーデンにとってうれしい驚きだった。アリスティドが彼女に惹《ひ》きつけられたのは主に性的な理由からだとわかったのは、しばらく経《た》ってからのことだった。そして、彼はわたしの心と体と思考を支配するようになった。

「お父さんを訪ねてきたって言ったけど、きみはマンハッタンには住んでいなかったのかい？」

イーデンはうなずいた。「州北部の小さな町に住んでいたの。トラックがわたしたちの車に突っこんできたのは、そこに行く途中のことよ」

「そのことに罪悪感を覚えているんだろう？」

記憶がないわりには、アリスティドはわたしのことをよくわかっている、とイーデンは思った。「ええ。マンハッタンにいれば、事故は起きなかったわ」

「事故は事故だ。きみのせいじゃない」

それはちがう。アリスティドはたいしてショックを感じなかったかもしれないが、わたしが離婚の話をしたのがいけなかったのだ。もしアリスティドか、おなかの赤ちゃんが死んでいたら、わたしは自分を一生許さなかっただろう。

アリスティドは目を細めた。「でも、ぼくたちが住んでいるのはギリシアだろう」

イーデンにはアリスティドのききたいことがわかった。なぜ彼が多くの時間を過ごすニューヨークに住んでいなかったのか？「あなたが自分の祖国で子供を育てたがったからよ」イーデンは言った。

アリスティドは眉根を寄せた。「去年はニューヨークへの旅は減らしたはずだが」

わずかではあったが、確かに減っていた。「ええ」

「ぼくはカサンドラと関係はもっていないよ」

「でも、以前はもっていた」

カサンドラとベッドをともにしたことはない、とアリスティドが断言したことは一度もなかった。ベッドをともにしたことがあるから、彼女のことについて話し合おうとしたがらなかったのだろう。

「きみと出会うまえのことは関係ない」

「彼女との関係はわたしと出会うまえに終わっていたというの？ それは確か？」

「ぼくたちはいつ出会ったんだい？」

「もうすぐ三年になるわ」

アリスティドは心もとなげな表情を浮かべた。

「彼女は恋人だったのね？ でも、わたしと出会ったのと、彼女と別れたのが、ほぼ同時期だったから正確にはわからない、そういうこと？」

アリスティドはさっとイーデンの肩から手を離して、あとずさりした。「こんな話をするのは無駄だな。わかっているだろうけど、覚えていないんだから」

「都合のいい話ね」

「ぼくが質問に答えたくないと思っているのか？」

「さっき、自分のことはわかる、妻以外の女性に手を出すような男じゃないと言ってたけど、確信が持てないなら、ほんとうかどうかわからないわ」

アリスティドは親指と人差し指で額をこすった。

「いや、ぼくは妻がいながら浮気をするなんて、自尊心を捨てるようなまねはしない」

「彼女が恋人だったとき、同時にわたしともつきあっていたかもしれない。その可能性は除外できないわ。わたしたち、互いを束縛するようなつきあい方をしていなかったんだから」

「それはどういう意味だ？」アリスティドが緊張したのがはっきりと伝わってきた。

「妊娠するまで、わたしたちは一年以上つきあっていたのよ。でも、ギリシアに来て、家族と会ってくれとあなたが言ったことは一度もなかったわ。お義《に》兄《い》さまがアメリカに来たときに、一緒に夕食をとろうと誘ってくれたことさえなかった。わたしは人に知られたくない恥ずかしい存在なのかって何度も思ったわ。あなたと出会うまえのわたしだったら、あんな扱いをする男は罵倒《ばとう》していたところよ」

確かに結婚後、アリスティドの態度は変わった。クーロス・インダストリー本社の受付係から、トルコ在住の又従兄弟《またいとこ》にいたるまで、あらゆる人間に紹介したがったのだ。だが、イーデンは心中ひそかに、これは自分のためなのか、おなかのなかの赤ん坊のためなのか、といつもいぶかっていた。アリスティドは父親になるのをそれほど楽しみにしていたからだ。

「ほかの恋人はみんなきみを両親に紹介したのか？」

「恋人はいなかったわ。わたしはセックスを真剣に考えていて、結婚まで待つつもりだったから」

「ぼくにたぶらかされたと言いたいのか？」

「女性がノーを言うつもりがない場合は、たぶらかされたってことになるの？」イーデンはため息をついた。「話をしてもなにもならないわね」彼女は部屋を出ようとした。「夕食のときに」

「イーデン」

彼女は戸口で足を止めた。「なに？」

「今のきみはぼくの妻だよ」

「書斎にある証書にはそう記されているわね」

「書類上のことじゃない、それ以上の意味があるだろう……ぼくはきみの夫なんだよ」

振り向いたイーデンは夫の緊張に気づいた。

「あなたが病院でわたしに言った言葉をそっくりお返しするわ……そんな証拠はないわ」

7

「驚きだな。きみがイーデンと一緒にいないとは」

仕事仲間であり、また友達でもあるレアンドロス・キリアキスの低い声がした。

アリスティドは歯を噛《か》みしめて苛立《いらだ》ちを抑えると、冷静な表情で振り向いた。「レアンドロス、会えてうれしいよ」

「少しまえにニューヨークから帰ってきたんだって？」

「一週間まえにね」

「だったら、驚きが二倍になるな。イーデンと一緒じゃないなんて。きみらしくない」

レアンドロスはぼくがいつも子犬のように妻につきまとっていると言いたいのだろうか？ そのイメージが気に入らず、アリスティドは顔をしかめた。

記憶喪失については家族以外の者には話さないと決めていたので、イーデンに対する自分の態度の変化をうまくごまかせるとは思っていなかった。正直に認めれば、苛立ちの原因はレアンドロスに奇妙な状態を指摘されたことではなかった。寝室を別にするようになってから、イーデンがそばに近づこうとしないことが原因だった。

イーデンは心を閉ざし、感情的にも、物理的にも彼と距離を置くようになっていた。一緒に食事をするのは夕食だけで、そのときでさえほとんど口をきかなかった。アリスティドがそばにいるのを黙認するのは、テオの入浴のときだけだった。息子には安心感を与えたいから、と彼女は言っていた。

イーデンの態度が変わって、初めてアリスティドは彼女がそれまでどれほど心を開いていたかに気づいた。ニューヨークで一緒に過ごしたわずかな時間や、空港から家までの車中での態度と比べて、ちがいはあまりに大きかった。

　イーデンに無視されるなか、アリスティドは彼女に対する家族やほかの者たちの気持ちを読み解こうとした。使用人たちはおとなしい性格のイーデンを敬愛していた。ニューヨークでは問題のある結婚だと言っていたにもかかわらず、母は愛情ある態度でイーデンに接していた。アンドレア・デュマキスに対する態度とはまったくちがう。レイチェルも同様に義理の妹を受けいれていた。

　ヴィンセントとセバスチャンも優しく、甘い態度で接している。二人がだまされやすいというよりは、イーデンがしたたかな女優なのだろう。

　アリスティドもプライドに動かされて、幸せな結婚生活を送っているふりをしていた。だが反駁《はんばく》の余地のない三つの事実のせいで、イーデンに対する警戒心を解くことができずにいた。最初の事実は、イーデンも認めていたことだが、彼女が妊娠したから結婚に踏み切ったことだった。

　二つ目の事実は、記憶喪失はおそらく潜在意識がイーデンを忘れたがっていた、あるいは忘れる必要があったからだ、とすべての検査結果が示していることだった。三つ目は、ほかの女性とはちがい、イーデンは彼の性衝動と感情を揺さぶる力を持っていることだった。つまり、彼女は危険な存在だった。

「アリスティド？」レアンドロスは心配しているようだった。

　当然かもしれない。ぼくは放心したような顔で宙を見つめていたのだから。自分の姿を想像し、アリスティドはぞっとした。

「イーデンは楽しんでいるよ」彼は説明した。

　イーデンは部屋の反対側でアリスティドの友人たちと談笑していた。記憶を喪失した自分とちがい、彼らはイーデンをよく知っている。そう気づくと、アリスティドは不快な嫉妬《しっと》を覚えた。

「確かに。でも、きみは楽しんでいるようには見えないな」レアンドロスが兄とおなじような心得顔を浮かべたので、アリスティドは腹立たしくなった。

　船舶業界の大物、レアンドロスはアリスティドとセバスチャンより年上だったが、彼らは長年の友人だった。彼ら三人ほどの富と権力と闘志を持つ人間は、ギリシアはむろん、世界でもそう多くなかった。

　さらに実業界で倫理を守って業務をおこなっている者となれば、もっと少なかった。年齢差があっても、三人が友達なのは当然のことだった。

「ぼくだって楽しんでいるよ。サヴァナはどこだい？」アリスティドは話題を変えた。

　レアンドロスの顔がほころんだ。「子供たちと一緒にぼくへのクリスマス・プレゼントを買いに行っている。ぼくには見られたくない、だから来るなって言われてね。サヴァナは子供たちを母に預けたら、ここに来ると言ってたよ」

「買い物をすませるのを待って、一緒に来ればよかったのに」

「こういう集まりじゃ、かならずビジネスの話が出るからね。仕事の話は妻が来るまえに終わらせておいて、サヴァナと楽しみたいんだよ」

「きみたち二人は仲がいいからね」レアンドロスがいとこの未亡人のサヴァナと結婚したときには多くの噂《うわさ》が流れたものだが、今では二人の愛を疑う者はだれもいなかった。

「きみとイーデンのようにね」

「そう思っているのかい？」

　レアンドロスの表情が鋭くなった。「きまっているじゃないか。なんでそんなことをきくんだい？」

　アリスティドは肩をすくめた。妻に関する記憶を失っていて、それゆえ、以前の夫婦関係がどうだったかわからないのだとはレアンドロスに言えなかった。レアンドロスの言葉からすると、以前も表面的には仲よく見せかけていたとも思えるし、また、自分の現在の状態を考えれば、対等で幸せな関係だったともとれる。最近の一触即発状態のような夫婦でなかったのだけは確かだろう。

この状態にはうんざりしていた。そのうえ、なにかが足りないという気持ちに襲われることもよくあった。アリスティドは友人のそばから離れた。

彼はイーデンのそばで立ち止まり、彼女の肩に腕をまわした。しっくりくる感じがするし、イーデンはいい匂《にお》いがした。雨上がりの春の日のようなイーデン独特の香りだ。柔らかい肌の感触に指先がうずき、アリスティドはあらわになっている彼女の肩に親指を這《は》わせずにはいられなかった。

周囲にいる友人たちはその愛情表現の仕草を普通のことと思っているのか、だれもまばたきひとつしなかった。だがイーデンは体を板のようにこわばらせた。彼女がさりげなく肩をすくめて、彼の手を振り払おうとしたので、アリスティドは逆にイーデンをそばに引き寄せた。次の瞬間、アリスティドは自分のしたことがまちがいだったのに気づいた。電流が全身に走り、欲望がわきあがってきたのだ。

妻との性の喜びを否定するとは、ぼくはなんと愚かだったのだろう。

つのる欲望をなんとか抑えながら、彼はイーデンを見おろして、ほほ笑んだ。「楽しんでいるかい?」

唇に微笑を浮かべたものの、イーデンの目は笑っていなかった。「きまっているでしょう。何週間もまえから楽しみにしていたんだもの」

グループのなかにいたパーティーの女主人がうれしそうに顔をほころばせた。「あなたにはほんとうに助けられたわ、イーデン」

パーティーは単なる友人たちの集まりではなかっ

た。世界規模の児童基金のための資金集めパーティーでもあったはずだ、とアリスティドは思った。だが、イーデンがその手伝いをした？　財産目当てでぼくを結婚の罠《わな》にかけた女がそんなことをするとは考えられない。

「その結果に満足したのかな？」アリスティドはきいた。イーデンの匂いに感覚をくすぐられ、彼の心臓の鼓動は速くなっていた。

激しい欲望に体が反応しはじめるのを感じて、彼は足の位置を変え、イーデンの斜めうしろに立った。

パーティーの女主人はアリスティドの体の状態に気づくこともなく、顔を輝かせてうなずいた。「おかげで、十万ドル以上の寄付が集まったのよ」

「よかったわ！」イーデンが言った。心の底から喜んでいるようだった。

アリスティドの記憶では、入り口で入場料を払っただけだった。パーティー券を買ったことすら覚えていない。母と兄もパーティーに出席しているが、二人が自分たちでパーティー券を買ったのかどうかもわからない。アリスティドはこういう記憶の欠落がいやでたまらなかった。

女主人は笑った。「当然の結果ね。ここに来ているたくさんの人たちの分の券をあなたが買ってくれたおかげだわ、イーデン。今夜の功労者はあなたよ、わたしじゃなくて」

だれがパーティー券を買ったかという疑問はこれで解けた。小さなことだが、この種の記憶の欠落がたくさんありすぎて、アリスティドは腹立たしかった。だが、妻が自分の財産をこういった目的に使ったのを非難する気にはなれなかった。

「お小遣いでほかに買うものがないからよ」イーデンが言った。「アリスティドは気前がいいから、自分でものを買う必要がないの」

感謝の響きを聞きとって、アリスティドはうれしくなった。だが、すぐに彼女の言葉は記憶をなくすまえの自分に向けられたものだと気づいた。今の自分に対しておなじ気持ちを抱いていないのは確かだ。

「こういうことにお金を使うんだったら、喜んで小遣いを倍にするよ」彼は正直な気持ちを口にした。

イーデンが彼を見あげた。ここ何日も見ていない晴れやかで、喜びにあふれた表情だ。「ほんとうに？」

「もちろん」いつもこういう表情を見せてくれるのだったら、三倍にしてもいい、とアリスティドは思った。「いやじゃないなら、会社の慈善部門の運営をきみに任せるよ」

　とたんにイーデンは心を閉ざした表情になって、目をそらした。体もこわばっていた。「それはカサンドラの仕事だわ」

「彼女はただでさえ忙しいんだ。きみが引き受けてくれるとなれば、喜ぶにきまっている」

「そうは思えないけど」イーデンはつぶやいた。

「関係ない。ボスはぼくなんだから」

　イーデンが鼻を鳴らすと、まわりから笑い声があがった。イーデンがアリスティドをからかっている、とみんなが思ったのは明らかだった。だが、アリスティドにはそうではないのがわかっていた。

　彼はイーデンを自分のほうへ振り向かせた。体にぴったりしたドレスの胸元が目に入ると、すでに刺激されていた欲望が過剰に反応した。くそっ。今夜、ほかの男たちもこの位置から彼女を見おろしたのだろうか？　胸のふくらみが目立つ。たいした想像力がなくても、その先端を思い浮かべるのは簡単だ。

　下腹部がこわばり、アリスティドは唇を噛んで、うめき声が出そうになるのを抑えた。毎日が過ぎていくのにつれ、イーデンを求める体のうずきは激しさを増していた。

「夫をばかにしたら、どうなるのかわかっているのかな」友人の手前、からかうように文句を言った。

イーデンが浮かべた生意気な感じの笑みは、アリスティドの欲望を直撃した。「どうするつもり？」

どうしたいかはよくわかっていた。だが、今ここで、みんなのいるまえで、イーデンに愛の行為をするわけにはいかない。「うちに帰ればわかるよ。楽しみにしているといい」アリスティドは言った。

イーデンは怖がるふりをして目を見開いたが、目のなかに本物の期待感があるのを彼は見てとった。

なにか頭をよぎるものがあった……鮮明な記憶ではなく、なにかのイメージだった。こんなふうにからかい合うのは今にはじまったことではなく、以前から楽しんでいたことのような気がする。

「あなたたち二人の様子を見ていると、どうやって離れて暮らすのに耐えているのか、わからないわ」女主人が笑いながら言った。

イーデンの目から、初めからそんなものは存在していなかったかのように、生き生きとした輝きと期待感が消えた。現実がどっと戻ってきた。イーデンはアリスティドが制止する間もなく、彼のそばから離れた。「アリスティドがいつも言ってるように、そのおかげで新鮮な関係を保てるの」

アリスティドは以前の自分がどんなふうに物事を見ていたか、わからなかった。だが、今の暮らし方をやめて、イーデンともっと一緒に過ごせば、彼女のほんとうの姿が見えてくるにちがいない。「テオも大きくなったし、ニューヨークへの旅もなんともなかったから、これからは一緒に旅行すればいい」

イーデンの灰色の目に謎《なぞ》めいた影がちらりと浮かんだ。だが、彼女は肩をすくめただけだった。

「出張に妻を連れていくと、気が散って困るといつも言っていたじゃない、アリスティド」カサンドラがグループのなかに入ってきて、アリスティドに向かって微笑した。

アリスティドはカサンドラがさりげなく、巧みに妻を無視したことを見逃さなかった。ぼくを守っているつもりなのだろうか？　イーデンのこととなると、ぼくの味方をしたくなる、とカサンドラは以前匂わせていた。だが、たとえそうでも、イーデンに無礼な態度をとるのは許せない。ぼくは自分の判断でイーデンと結婚した。カサンドラがイーデンとの結婚を快く思っていないにしても、忠誠心の強い友人であり、社員であるなら、ぼくの決断を尊重するのが当然だ。

「気が変わったってところかな」

「今はイーデンがいても気が散らないってこと？」カサンドラがきいた。アリスティドはその言葉の刺《とげ》を聞き逃すところだった。だが、イーデンは顔色を変えた。

カサンドラのこととなると、イーデンはひどく敏感だ。カサンドラと自分が不倫をしているとイーデンに非難されたことをアリスティドは忘れていなかった。

カサンドラは病室の外でイーデンに言ったことについて説明してくれたが、過敏なイーデンはカサンドラの言葉の意味を逆に受けとったのだろう。

「それどころか」アリスティドは妻のために言った。「新婚時代に戻ったように感じるんだ。もしギリシアで仕事をして毎日妻と一緒だったら、ニューヨークやほかの場所でイーデンに気を散らされるというのがどういうことかわからないままだった」

イーデンは自分の耳が信じられなかった。わたしが以前から考えていたことをアリスティドが代弁しているなんて。夢を見ているのではないか確かめるために、体をつねってみたいような気がする。

「そうかな……きみの奥さんのような魅力的な女性と結婚したら、どこに住もうと、どこで仕事をしようと気が散ってしかたないだろうな」少しまえにグループに加わったイタリア人の男性が言った。

イーデンは初めて会う男性だった。その目つきに、彼女は腕を組んで、たいして大きくもない胸を隠したくなった。

「そういうあなたは、どちらさまで？」アリスティドが冷ややかにきいた。

「ジュセッペに会うのは初めて？」女主人が雰囲気を和らげようと如才なく口をはさんだ。「子供のための慈善事業に尽力している人よ」

「ご主人があなたに会社の慈善事業部を任せたんだから、今度、一緒にランチをとりながら、ぼくが今力を入れている計画について話しましょう」ジュセッペの微笑は困っている子供たちについての話し合い以外のことに興味があるのを示していた。

イーデンはイタリア人の男性はすぐに色目を使うとだれかが言っていたのを思い出したが、これほどあからさまなことをするとは想像もしていなかった。この男性はアリスティドとわたしのなにを見て、色目を使っても構わない、あるいはわたしが誘いに乗るかもしれないと考えたのだろう？　パーティーの最初の四十五分間、夫に無視されていたから？

だが、今のアリスティドはわたしを無視していない。今にも怒りだしそうな様子だ。カサンドラが驚いたように息をのむのがみんなに聞こえた。

「わたしの仕事ぶりに満足してると思ってたのに」カサンドラは傷ついたふりをして言った。

イーデンは苛立ちを覚えた。二、三日すれば、アリスティドはこの申し出を撤回するのだろう。

「もしお考えが変わらないのなら、イーデンと話して協力をお願いしたいですね」ジュセッペが言った。

女主人は気まずい空気を無視し、とりなすように微笑した。「すばらしいわ」

「いえ、せっかくですが遠慮します」アリスティドはジュセッペに言った。「妻は多忙なので、これ以上の活動に力を貸す時間的余裕はないんです」

傲慢《ごうまん》なギリシア人の夫に物事を決められるのに慣れるべきなのだろうが、彼女は慣れることはできなかったし、これ以上我慢をするつもりもなかった。

「それはわたしが決めることだわ、アリスティド」

「そのとおり。奥さんがアメリカ人だってことを忘れちゃいけないわ」カサンドラはイーデンを別種の人間だというような言い方をした。「いろんなことで独立していたい人なのよ。厳格な態度をとると、受けいれてもらえないわよ」

「結婚生活の助言が必要になったら、きみにきくことにするよ」アリスティドは冷たい目でカサンドラを見た。夫が秘書をこんなふうに非難するのを聞くのはイーデンにとって初めてのことだった。

カサンドラの大きな茶色の目に涙が浮かんだ。唇も震わせている。「そんなつもりで言ったんじゃ……自分がただの従業員なのはわかっています。失礼」カサンドラは背を向け、テラスに逃げていった。

アリスティドは小声で毒づくと、なにも言わずイーデンを連れてその場から離れた。アリスティドはイーデンを引っぱってテラスのほうへ向かいだしたが、彼女は抵抗した。

「どこへ連れていくの？」

「ひどいことを言ったから、彼女に謝る」

「ほんとうのことを言っただけじゃない」

「でも彼女を傷つけた」

「わたしも今まで傷つけられたけど、心から謝ってもらったことはないわ」

うしろめたそうなアリスティドの表情は、イーデンの言葉が正しいことを示していた。

イーデンはアリスティドの手を振り払った。「謝りたいなら、行って、謝ってくればいいわ。でも、わたしは一緒に行くのはごめんよ」

彼は腕を垂らして拳《こぶし》を握り、体をこわばらせたものの、うなずいた。「そのほうがいいかもしれない」

歩み去っていくアリスティドを見ていると、胃がむかむかしてきたので、イーデンは急いで化粧室に行った。つわりが起きるのは朝だけではなかった。十五分後、化粧室を出ると、アリスティドとカサンドラがテラスから戻ってくるのが見えた。

イーデンは二人が向かっているのとは反対側に歩いていった。今夜はもうこれ以上カサンドラの近くにいたくない。それからの一時間、イーデンは二人をずっと避けていた。アリスティドは彼女の行動に気づき、何度か苛立たしげな表情を浮かべていた。

カサンドラには我慢がならないとアリスティドには言ってある。驚くほどのことでもないが、アリスティドは耳を傾けず、相手にしてくれなかった。

児童福祉についてセバスチャン、レイチェル、ジュセッペと活発な議論を交わしていると、イーデンは背後にアリスティドがやってきたのを感じた。一瞬後には肩に腕がまわされていた。さっき感情的な振る舞いをしてしまったから、イーデンは腕を振り払いたいのを懸命にこらえた。

「きみの奥さんはみんなの賞賛の的だよ、アリスティド」セバスチャンがからかうというより、警告するような口調で言った。

イーデンは眉根を寄せて義兄を見た。

セバスチャンは平然とした表情でイーデンにほほ笑み返した。「きみは最高だよ、イーデン……弟だけじゃなく、みんながきみに夢中になるのも当然だろうな」

ジュセッペも微笑し、体を撫《な》でまわすかのような目つきでイーデンに視線を這わせた。「あなたは非常に運のいい方ですね、シニョール・クーロス」

アリスティドが体を硬くした。イーデンの肩をつかんでいた手にも痛いほど力がこめられた。「幸運に恵まれて、すばらしい妻を選べたことは、自分でもよく承知していますよ」

その言葉を言わせたのは、アリスティドの自尊心であって、本心ではないのだろう。イーデンは怒りを覚えた。彼がわたしを妻として選んだのではない。自然がそうしたのだ——わたしを妊娠させることによって。さらに、最近の彼はどんな形にせよ、わたしの夫でいたいというそぶりを見せていない。

わたしの心も考えず、アリスティドが自分の虚栄心を満足させたことが腹立たしい。イーデンは身をよじらせて、アリスティドの手を振り払った。「そろそろうちに帰りたいわ」

「まだ早いよ」ジュセッペが言った。

このイタリア人にはうんざりする。イーデンは甘ったるい笑みをジュセッペに向けた。「それなら、若い女性を見つけて、遅くまで楽しんで。うちに帰りたいっていうのは、わたしが年をとった既婚女性だからよ。今夜、何時に寝ようと、幼児の息子に朝早く起こされるし」イーデンはアリスティドのほうを向いた。「あなたはここに残って。わたしはタクシーを拾ってうちに帰るから」

「ぼくたちが途中で降ろすよ」セバスチャンが言った。「うちの子供たちも早起きなんでね、そうだろう、愛する人《アガペ・ム》？」セバスチャンは愛情のこもった目で妻のレイチェルを見おろした。

普段は義兄夫婦の睦《むつ》まじさを気持ちよく眺められるのだが、今夜のイーデンには生傷に塩を擦りこまれるように感じられた。彼らと一緒に帰るとなれば、車のなかで二人の熱々ぶりを見せつけられることになり、わたしは泣きだしてしまうかもしれない。そんな恥ずかしい姿はさらしたくない。

「きみが帰りたいなら、もちろん、ぼくも一緒に帰るよ」アリスティドが鋼鉄のような声で言った。

イーデンは反論しなかった。車に乗りこんだあとも、彼女はアリスティドと話をしようとはしなかった。だが、正確無比な運転の仕方から、アリスティドが激しい怒りを抑えこんでいるのがわかった。

　家の近くまで来たとき、彼が沈黙を破って言った。

「妻がほかの男といちゃつくのは感心できないな」

「わたしはそんなことはしていないわ」

「ジュセッペはきみと仲よくしたがってた」

「それは彼の問題よ」

「そうかな？」

「そうよ。わたしはあの人と仲よくしたくなんかないもの」

「ほんとうに？」

「わたしは結婚しているのよ、アリスティド」

「でも、自分がだれかの妻だって実感はないんだろう」

「だからといって、最初に声をかけてきたイタリアの美男子とベッドに行こうとは思わないわ」確かに美男子ではあるが、ジュセッペはあからさまなうえ、追従するようにわたしを見つめる。

　アリスティドは顎をこわばらせた。「もしぼくが声をかけて、誘ったら？」

「なにを？」

「一緒にベッドに行かないかって」

「秘書と一緒にテラスに行ったあとで？」イーデンは嫌悪をこめて言った。「冗談じゃないわ」

　彼は下品なアメリカの俗語を使って毒づいた。

「彼女は狼狽《ろうばい》していたんだ。彼女のところに行けと言ったのはきみだ。どうすればよかった？　困っているのに知らん顔していればよかったのかな？」

「ええ、そうね。今までわたしが困っていても、何回も無視したくせに。わたしは彼女のところに行くようにとは言ってないわ。もしあなたが行くなら、わたしは一緒についていかないって言ったのよ」

「すまない。今夜、ぼくが気に障るようなことをしたんだとしたら」それがせいいっぱいの謝罪のようだった。

「禁欲生活がつらくなってきたの？」イーデンはそれが理由で謝ったのだろうという含みをこめて、辛《しん》辣《らつ》な口調できいた。実際、そうなのかもしれない。

「そうだよ。でも、心から悪かったと思っている。きみの気持ちよりカサンドラの気持ちを優先したつもりはない。彼女のところに行ったのは、慰めるためだけじゃない。感情的なもつれの対象にされるのは困るとはっきり言っておくためでもあったんだ」

実際そうしたのだろうが、それでも納得できない。

「でも、カサンドラの気持ちを優先させているわ」

「ぼくはきみがほしいんだ」アリスティドは切羽つまった口調で言った。

セックスで夫婦問題をややこしくしたくないと言った人がこんなことを言うとは。大きな譲歩なのかもしれない。

「セックスに価値はなかったんじゃないの？」

「おなじ家で暮らしていて、セックスなしでいるのは不可能だと気づきはじめたんだ」

「つまり、あなたにとってわたしは、絶つことのできない悪い習慣みたいなものなのね。なにも思い出せなくても、わたしの体はほしいのね」

「そうは言ってない」

「教えて、アリスティド。将来、会社の慈善事業を監督するのはだれになるの？」

彫りの深いアリスティドの顔に赤みが差すのを見て、イーデンは答えを知った。「きみに任せると言ったとき、カサンドラがあの仕事にかかわっているのを考えに入れていなかった」

「そうでしょうね」

「わかっていたんだろう……この話は以前にもしたことなんだね」アリスティドは非難がましく言った。

相変わらずカサンドラの言うことを信じきってい

るらしい。

「ええ、したわ――結果もおなじだったわ」イーデンは挑戦的に言った。「でも、今回はだれが言いだしたことか、思い出すのね。わたしじゃないわ」

「今は会社の慈善事業のことはどうでもいい。きみをベッドに連れていきたいと思っていることとはなんの関係もないんだから」

「わたしにしてみれば、あなたのベッドに入りたくないこととおおいに関係があるの」

「きみには脱帽するよ、イーデン……危うくだまされるところだった。きみは金銭欲の強い女じゃないと思いはじめていたんだ」

「わたしが自由時間を慈善事業に使いたいというのを、お金を手に入れるためだと思っているのね？」イーデンは性格を疑われ傷ついたのを、アリスティドに見せずに皮肉っぽく言った。

「いや、ちがう」アリスティドは歯ぎしりをして言った。「交渉を有利にする材料として体を使うんだと思っているんだ」

アリスティドはほんとうにそう考えているのだろうか？　「わたしが体を使って、寄付金を集めると思うなんて、本気？」

「ほかになにがある？」

「従業員の望みを優先させてばかりいる夫を持った妻が、夫との親密な行為をいやがるのは、当然のことだとは思わない？」思い出してもらえないこともそうだ。でも今、記憶喪失は重要な問題ではない。

「ばかばかしい……きみとカサンドラとはちがう。カサンドラが仕事に喜びを感じていることと、きみがぼくの妻だってことはなんの関係もないだろう。きみが慈善のための基金を設立して、管理したいのなら、ぼくがだれよりも多額の寄付者になるよ」

「わたしがイエスと言って、あなたをベッドに誘えば、わたしはあなたが信じこんでいる金銭欲の強い女だってことになるわ。お断りよ。だったら、お調子者のジュセッペと仕事をするほうがましだわ」

「それはやめておいたほうがいい」アリスティドの強い口調を聞いて体に寒気が走り、イーデンはそれ以上なにも言わなかった。

　そもそも、ジュセッペと仕事をする気などなかった。彼は栄養失調の子供や、教育を受けられない子供たちを本気で心配しているのだろうが、だからといって、人妻と情事をもちたがっているという事実の埋め合わせにはならない。

　イーデンはそういう種類の男性に魅力を感じたことはなかったし、敬意を払うこともできなかった。だが、それを夫に認めるつもりはなかった。アリスティドに自分とおなじ思いを味わわせたいだけだった。結婚したときから、わたしが彼とカサンドラの関係で味わってきたつらい思いを。

8

　重い心で、イーデンはテオに朝食を食べさせた。夫を拒絶したのが正しかったのか、彼女はふたたび自問していた。あれもまちがった判断だったのだろうか？　それとも、あの判断で心がさらに深く傷つくのを避けられたのだろうか？　この二週間は毎日がつらかったけれど、昨日の夜の出来事のせいで、今は感情的にすっかりまいってしまっている。

　ほんのつかの間とはいえ、アリスティドをとりもどせたように感じて心が躍ったが、同時に怖くなったのだ。アリスティドが築いた拒絶という冷たい壁を理由に心を閉ざしているあいだは安全だった。だが、壁に亀裂《きれつ》が入りはじめるのを見て、自分の心がいまだに痛んでいるのがわかったからだ。

愛だけでは充分ではない場合もある。そんなことを以前、なにかで読んだことがある。わたしの母の場合、愛は母自身が幸せになるのを妨げるものでしかなく、父の愛情の欠如を補うほど強くはなり得なかった。母とおなじく、わたしも同等の愛を返してくれない男性と結婚するという過ちを犯してしまったのではないだろうか？　イーデンはそう考えはじめた。

でも、愛だけでは充分ではないのだとしたら……もし結婚を終わらせなければならないとしたら、テオとおなかのなかの子供になんと説明すればいいのだろう？　わたしの父とはちがい、アリスティドは子供を愛している。子供たちを父親から引き離すことになるのを考えると、ぞっとする。わたしの感情のために子供の幸せを壊してもいいのだろうか？

もの思いにふけっていたせいで、イーデンはアリスティドがキッチンに入ってきた音が聞こえなかった。最初に彼がいると気づいたのは、彼が屈《かが》みこんで、テオの頬にキスしたときのことだった。

「おはよう、愛する息子《アガペ・ム》」アリスティドがイーデンのほうを向いたときには、表情が冷たくなっていた。

「おはよう、イーデン」

わたしがセックスを拒んだことをまだ怒っているのがわかる。顔色からすると、アリスティドもわたし同様、昨夜はよく眠れなかったらしい。

「こんなに早くから会社に行くの？」イーデンはアリスティドの持っているブリーフケースのほうへ頭をかしげてみせた。まだ七時になったばかりなのに。

「今日は早朝会議があるんだ」

「今日、お義母《かあ》さまとヴィンセントが帰るまえに、二人を昼食に連れていくって約束したのを覚えてる？」義理の母とその夫は自分たちの家に一度帰り、クリスマスにまたやってくる予定だった。

「昨日、決めたばかりのことを忘れたりしないよ」

「忘れるって意味じゃないの。カレンダーに書きこんでいない予定があるとき、思い出すのが遅すぎる場合があるでしょう」イーデンは優しく言った。今朝は口論をしたくない。

わたしも、わたしの心も口論には耐えられない。

アリスティドはため息をついた。説明を受けいれてくれたようだ。「一時にレストランで会おう」

「わかったわ」

アリスティドはキッチンを出ていこうとして、足を止めた。「予定といえば、手帳に明日の夜、きみと夕食をとると書いてあったけど」

「ええ」昨夜、よく眠れなかった理由の一つは、その食事と、食事の理由を考えていたからだった。

「ほかの日に変えなきゃならなくなった」

「どうして？」

「用事ができたんだ」

「カサンドラも一緒なの？」

「仕事なんでね」アリスティドはふたたびため息をついた。「郊外に住んでいる仕事関係の人間が一晩だけ、出てくるんだ」

「それが明日の夜なのね」イーデンはいいときを選んでくれたその人に感謝した。

「そう、明日なんだ。夕食の約束を延期しても構わないね？　普段から夕食は一緒にとっているんだし。明日の夜はテオ抜きのディナー・デートになるはずだったけど、今の状況を考えると、そこまですることもないんじゃないかな？」

そのとおりかもしれない。気にするほどのことではない。わたしたちの出会いの記念日にすぎないのだから。彼は初めからその日を特別な祝いの日にしていたが、今は忘れてしまっているらしい。

「いいのよ、ディナーはキャンセルして」

「キャンセルとは言っていない。延期しようって言ったんだよ」

イーデンはアリスティドが言葉の差違にこだわるのを無視して、テオに朝食を食べさせる仕事に戻った。

アリスティドは不満そうな表情を浮かべ、しばらく動こうとしなかった。

彼はイーデンをにらみつけていたが、獲物を奪われて怒った豹《ひょう》のような感じで、くるりと背を向けると、家を出ていった。

アリスティドはレストランに着いて、母とヴィンセントと一緒に兄夫婦がいるのを見ても驚かなかったが、イーデンがいないのには驚きを覚えた。

「イーデンは？」母と義姉にキスをして挨拶《あいさつ》をすると、彼はきいた。

「知らないわ。午前中ずっと、顔を合わせてないの。わたしたちはクリスマスの買い物に出かけていたから」母親が答えた。

「電話をしてきて、遅れるって言ってたわ」義姉のレイチェルがアリスティドを見た。なぜイーデンが夫に電話せず、自分にかけてきたのかいぶかっているような顔をしていた。

アリスティドにもその答えはわからなかった。ディナーをキャンセルしたから、イーデンはさらにぼくを避けようとしている。そうとしか考えられなかった。彼の疑念が正しかったことは数分後に証明された。携帯電話が鳴り、出てみるとイーデンからだった。テオがようやく昼寝をしてくれたところなので、今から出かけたのでは一緒に食事をとれないから、レストランには行かない、と彼女は言った。

イーデンがフィリッパと話したいと言ったので、アリスティドは妻に会えない失望を感じながら、母に携帯電話を渡した。

「彼女はよく約束をキャンセルしていたのかな？」

母が携帯電話を閉じると、彼はきいてみた。

「いいえ。でも、驚かないわ。テオが母親を必要としているときに、イーデンがあの子のそばから離れることはぜったいにないから。イーデンは初めからよき妻、よき母親の見本だったわね」母親は当てつけがましく言った。

「ほんとうに？」アリスティドは皮肉っぽく言った。

「なにを言いたいんだ？」セバスチャンがきいた。

「そんなにすばらしい女性だったなら、なんでぼくは彼女のことを忘れたんだい？」

セバスチャンはその質問にあきれた様子で首を横に振った。「おまえは車に乗っていて事故に遭い……脳震盪《のうしんとう》を起こした。それで説明がつくじゃないか」

「そうかな？」

「まさか……その疑問をイーデン本人には話していないわね？　彼女、ショックで打ちのめされるにちがいないわ」レイチェルが心配そうな声で言った。

今はなにも言わずにいるのがいちばんだ、とアリスティドは考えた。

母が鋭い目つきでアリスティドを見つめ、首を横に振った。「ばかな子」

優しい母に腹立たしげに非難され、アリスティドは母に向かって言い返した。「ぼくの結婚生活はこうあるべきだという結婚じゃなかった、と言ったのはお母さんですよ」

「でも、わたしはそれがイーデンのせいだとは言っていないわよ」

「ぼくのせいだと思っているんですか？」アリスティドはショックを受けながら、きいた。

「ええ……まあ、そうね。イーデンを構ってあげなかったでしょう。彼女をないがしろにしても、イーデンのあなたに対する気持ちは変わらないって無邪気に信じこんでいるようだったわ」

「ぼくが彼女をないがしろにしていた？」彼はきいた。いつもの激しい頭痛がはじまっていた。

「ないがしろにしていたというのはちょっと語弊があるかもしれないわね。でも、ほとんど一緒に暮らしていなかったでしょう。あなたの考えで」母親は最後の言葉を強調して言った。

「彼女が一緒に生活しにくい女性だと考えたことはないんですか？」

　家族全員が、正気を失ったのかという目でアリスティドを見つめた。そうかもしれない。記憶を失うと、正気も失われるのかもしれない。

「本気で言っているのか？」セバスチャンが詰問した。「この世にイーデンよりかわいい女性がいるとしたら、それはぼくの妻だけだよ。イーデンはおまえをものすごく愛してる。ぼくは彼女をかわいそうだと思ったことも何度かある」

「なんで兄貴がイーデンを哀れむんだい？」アリスティドは怒鳴るように言った。

「彼女はおまえと一緒にいたがっていたのに、おまえは留守にして彼女を傷つけていることにぜんぜん気がついていなかったからだよ」

「なんで言ってくれなかった？」

「言ってみたが」視線で人間を縮小できるものなら、このときのセバスチャンの目つきは、アリスティドを『ガリバー旅行記』のなかのリリパット人のサイズに変えていただろう。「おまえは聞く耳を持たなかった」

　母はアリスティドに向かって首を横に振っていた。

「あなたはばかよ、アリスティド。こんな言い方をして悪いとは思うけど、でも、それが真実よ。あなたはテオが自分の子供だということに疑問を持たなかったし、すぐにイーデンと結婚したから、わたしはあなたのほうがセバスチャンよりも頭がいいと思っていたわ」それを聞いて、セバスチャンが不満そうな声を出した。「だけど、あのときの道理をわきまえた行動も、今のあなたの愚かしさで帳消しになったってところね」

　その後、昼食は気まずくなっていき、オフィスに戻ったときには、アリスティドは全身を殴られたように感じていた。万力で締めつけられているような頭痛もしていた。

　イーデンは広い家の廊下をうろうろと歩きまわっていた。方向感覚を失い、わけがわからなくなったような気持ちだった。完全に自分ひとりになったのは、アリスティドが記憶を失ってから、初めてのことだった。

　フィリッパとヴィンセントは午後、自分たちの家に帰ってしまっていたし、夜、アリスティドと外食する予定だったので、使用人たちには休みを与えていたからだ。テオはセバスチャンとレイチェルの家に泊まりに行っている。予定がキャンセルになったとレイチェルに電話したとき、レイチェルがいずれにしてもテオを一晩、預かると言ったのだ。

　レイチェルの子供たちは、一週間まえから小さな従兄弟《いとこ》が泊まりに来るのを楽しみにしていたからだった。彼らはまだ予定の変更を理解できる年齢ではなかった。

　退院後、イーデンはテオとずっと一緒にいるようにしていた。アリスティドとの関係がなにもかも悪いほうへ変わってしまったために、母子のつながりを強く求めたのだろう。だが、従兄弟たちと遊ぶ機会を奪ってまで、自分のそばに置いておくのはフェアではないと考え、イーデンはテオをセバスチャンの家に行かせたのだ。

　自分でもどういうつもりかわからないまま、イーデンはアリスティドの部屋に入っていった。用はなにもなかった。しゃれた内装のきれいな部屋。今は主寝室から出ていったアリスティドが寝起きに使っている。きちんと片づけられているのに驚きは感じなかったが、アリスティドが使っているベッドのそばに立ったとき、イーデンはわびしさに襲われた。

事故以来ずっと抑えこんでいた感情が、堰《せき》を切ってあふれだそうとしていた。

それを拒むように、イーデンは首を横に振り、ベッドのそばで膝をついた。きれいに掛けられている羽毛布団はアリスティドの匂《にお》いがした。心と体の痛みにイーデンの口からうめき声がもれた。

アリスティドがニューヨークから帰り、この部屋へ移ったときから、イーデンは彼のそばに近づかないようにしていた。アリスティドの体に慰められたいという切望を気づかれ、屈辱を味わいたくなかったからだ。さらに、アリスティドに近づきすぎたら、飼い主に撫《な》でてもらいたがっている迷子の子犬のように、鼻を鳴らして彼に甘えてしまうような気がして、それも怖かったのだ。

アリスティドも今なおわたしに欲望を持っている。本人がわたしをほしいと言ったのだから。でも、寝室を別にしたアリスティドにそう言われても、なにもうれしくなかった。

確かに彼はわたしとベッドをともにしたがっている。でも、そんなことにはなんの意味もない。

いまだにアリスティドはわたしの気持ちよりカサンドラの気持ちを優先している。記憶を失ったとはいえ、わたしが妻だという認識はしているのだから、わたしを優先するのが普通だろう。イーデンの喉から苦々しげな笑い声がもれた。まったく、たいしたジョークだわ。

記憶があったときでさえ、アリスティドはわたしを最優先にしていなかったではないか。つきあっていたとき、わたしは手軽なベッドの相手だったのだろう。彼の出張旅行のスケジュールに合わせて、会い、別れるだけの相手。アリスティドがベッドの外でも一緒の時間を過ごそうと努めていたせいで、当時は二人には特別なものがあると思っていたのだけれど。わたしはなんと愚かだったのだろう。

　他人から見れば、わたしの地位は結婚であがったように見えるだろう。でも、アリスティドの見方は以前とおなじ……今は、それがよくわかる。そうとしか考えられない。アリスティドの息子を産んだといっても、やはりわたしはベッドの相手にすぎないのだ。

　これまではそれほど悪い結婚生活でもなかったでしょう、と頭の奥でささやく声があった。しかし、心の痛みがその声をのみこんだ。

　拳《こぶし》でベッドを叩《たた》きながら、イーデンはこれがアリスティドだったら、と思った。仕事上の接待のためとはいえ、わたしとのディナーを平気でキャンセルするなんて。そして、接待には秘書のカサンドラも来て、アリスティドと一緒に食事をするのだ。もう限界だわ。今夜が特別な夜なのを思い出せないのはしかたがないにしても、仕事のために約束を破るなんて。

　イーデンはふたたびベッドを拳で叩くと、崩れるようにして床に倒れ、体を丸めた。夫に記憶をなくされた妻よりひどい。わたしは嫌われている妻——アリスティドにとってはなんの価値もない存在なんだわ。肉体的にも、アリスティドはそれほどわたしを求めているのではないのだろう。わたしが彼を求めるほどには。確かに彼はわたしとベッドをともにしたがっている。そうはいっても、これまでのところアリスティドは禁欲生活をうまく続けている。

　毎晩ひとりで寝ているが、わたしの存在やぬくもりがなくて、寂しく思うこともないようだ。

　みじめな気持ちに心を締めつけられ、目が涙で熱くなったが、今はもう抵抗し、涙を抑える気にもなれない。今晩はそんなことをする必要もない。家にはだれもいない。わたしひとりだ。テオを怖がらせることにもならないし、だれかに説明をしなくてもいいのだから、好きなだけ泣けばいい。

日常の彼の無関心な態度にどれだけ傷つけられているか知られたくなかったので、アリスティドの家族のまえでは気丈に振る舞っている。それはプライドのためだけではなかった。家族がアリスティドをどう見るか、ということもあったからだ。ギリシアに帰ってきてから、どうしているかと父から電話がかかってきたが、わたしは父に対しても、心の乱れを見せなかった。

自分の家族を傷つけたくないという気持ちもあったが、父親が理解するとも、本気で心配してくれるとも思えなかったからだ。だから結局、自分ひとりで心の重荷を抱えこむしかなかった。でも、その重圧に耐えきれず、ついに心のなかでなにかが壊れてしまったようだった。

気がつくと、自分のむせび泣く声が耳に入ってきたが、他人が泣いているようにしか聞こえなかった。両の拳を何度も床に打ちつけているうち、手は麻痺《まひ》したようになって、感覚が消えていった。フェアじゃないわ。わたしはアリスティドを愛しているのに、彼はわたしを愛していない。それはよくわかっていたことではないか。そんなにひどいことだろうか？　でも、それに加えて、なぜ忘れられたという苦悩まで抱えこまなければならなかったのだろう？　どうして？　涙がぼろぼろとこぼれ、胸が苦しくなったが、それはどうでもよかった。イーデンはふらつく上体をゆっくり起こすと、すすり泣きながら叫んだ。「なぜ？　なぜ？　なぜ？」

上体がふたたびまえに倒れこみかけたが、床に崩れ落ちることはなかった。

「イーデン！」アリスティドの手がイーデンの肩を

ぎゅっとつかんでいた。「どうしたんだ？」

　彼女は首を横に振り、アリスティドから逃れようとした。触られるのに我慢できなかった。だがアリスティドは彼女を放そうとせず、気がつくと、イーデンは床に座ったアリスティドの膝のうえで抱きかかえられていた。力のこもった指でイーデンの顔をうえに向かせると、アリスティドは彼女の目をのぞきこんだ。

「落ち着くんだ。そんなふうに泣いていたら、具合が悪くなるよ」

「わ、わたし……できないわ」すすり泣きながら、イーデンは言葉をしぼりだした。

「いや、できるよ、ベイビー。ほら、静かにして」アリスティドはなだめるように言った。

　だが、イーデンの気持ちは楽にならなかった……アリスティドはまたわたしのことをベイビーと呼んだ。妻ではない……というか、今はもう妻ではないと思っている呼びかけ。こう呼ばれると、心が痛む。アリスティドにしっかりと抱き寄せられているのでなければ、心の痛みに体を折り曲げていただろう。苦悶《くもん》のうめきが喉からもれ、イーデンはぼろぼろと涙を流した。

　アリスティドは小声で毒づき、イーデンの背中を撫でながら、優しい口調でなにやら話しかけはじめたが、言葉は彼女の苦悩に満ちた頭のなかにはほとんど入ってこなかった。しかし、しばらくすると、抑えられなくなっていた悲嘆のなかに驚愕《きょうがく》の現実が入りこんできた。アリスティドは今、わたしとここにいる、カサンドラと夕食をとっているのではない。イーデンは懸命になって、すすり泣きを抑えた。

　両腕をぎゅっと自分の体にまわして、イーデンはあふれてくる涙のせいで体が震えるのを止めようとした。「あ、あなたは……うちに……帰ってきたのね」

「テオが寝るまえに会っておこうと思ってね。夕食は七時半なんだ」アリスティドはシルクのネクタイについた涙の染みを悲しげに見おろした。「スーツを着替えるつもりでいて、よかった」

　イーデンの心から希望が消えていった。アリスティドはわたしのためにうちに帰ってきたのではなかった……出かけるまえに、顔を合わせるためではなかった。帰ってきた理由はテオだった。「あの子、ここにはいないわ」イーデンは重い口調で言った。体がだるく、アリスティドの膝のうえから降りる元気もなかった。

　アリスティドは彼女の口調が気になったのか、顔をしかめた。「どこにいるんだい？」

「お義兄《にい》さまのうちよ。まえから決めてあったから、向こうの子供たちをがっかりさせたくなかったの」

　アリスティドは納得した表情でうなずいた。「だから、使用人たちもいないんだな」

「今夜はみんな、休みにしたのよ」

「ぼくたちが外食するはずだったからかい？」

「ええ」

　アリスティドの青い目に官能的な光が浮かんだ。

「ということは、ディナーから帰ったあと、二人きりで過ごせるはずだったわけか」

　イーデンはじっとアリスティドを見つめただけだった。

「それだから、泣いていたのかい？　ぼくがディナーの予定を変えたのが理由だったのか？」アリスティドはきいた。そんな些細《ささい》なことでこんなに悲しむなんて信じられないという口調だった。

「それはどうでもいいの」

　今度はアリスティドが無言でイーデンを見つめる番だった。りんどうの花とおなじブルーの目がじっとイーデンの目を見つめた。「そのうちうまくいくようになるよ、イーデン」

イーデンは首を横に振った。なんとか抑えようとしたものの、ふたたび目が潤みはじめていた。「うまくいくようにはならないわ。もう二度と。うまくいくはずがないでしょう？」

アリスティドはわたしが妊娠したから結婚したのだ。テオと、アリスティドの記憶から消えてしまったおなかの赤ちゃんのために、このまま結婚生活を続けていていいのだろうか？　将来の幸せへの希望もないまま、結婚したことさえ思い出せない男性を愛しながら、いたずらに年月を過ごしていくだけになるのだろう。

「ぼくを信じてくれ」

「あなたを信じる？」イーデンはきいた。今の状況では考えられないことだ。「あなたはわたしの父とよく似ているわ。最初はわからなかったけど、それはあなたに夢中になって、なにも見ていなかったせいね」彼女は引きつった笑い声をあげた。「蛙《かえる》の子は蛙、わたしも母とおなじことをしているみたい」

「どういう意味だい？」

「父が母のことを顧みようとしなかったので、母は傷ついていたのよ。確かに、母が癌《がん》になったときには父はちゃんと面倒を見たわ……わたしに必要なものがそろっているか、あなたが気を配ってくれるのとおなじように。母が死んだときにも、悲しみに打ちひしがれているふりをしていたわ。でも、ほんとうに母を愛していたなら、あんなふうにずっと浮気をしつづけることはできなかったはずよ」

「ぼくは浮気していないよ」アリスティドは歯ぎしりして言った。

「でも、心が空っぽになるまで、あなたはわたしを傷つけ続けるにちがいないわ」

「ディナー・デートの予定を一回変更されただけで、そういう結論になるのかい？」アリスティドは信じられないという口調で言った。

「わたしたちの現実を象徴しているわ。そこから出てきた結論よ！」イーデンはアリスティドの記憶喪失が憎かった。今、彼はわたしを不信の目で見ている。「そもそも、あなたとつきあったことが大きなまちがいだったわ。おまけに、結婚までしたなんて」

そして、出口のない状態に置かれてしまった……だが、わたしを愛せないがため、結果的にわたしを傷つけるだけの男性との結婚は続けられない。

イーデンはふたたび泣きはじめた。心の痛みに耐えきれず、今回はアリスティドの胸にすがって泣きはじめた。アリスティドも今回はイーデンをなだめようとはせず、黙って彼女を抱いていた。イーデンが心の痛みを外に出す必要があるのを理解しているかのようだった。アリスティドにそんなことがわかるはずない、とイーデンは思ったが、そんなことはどうでもよかった。力強いアリスティドの腕に抱かれていると安らぐ。耐えられなくなった現実からの避難場所のような感じだった。アリスティドに抱いていてもらいたい。

イーデンは涙が涸《か》れるまで泣いた。声を出して泣いたせいで喉も痛くなっていた。イーデンが静かになっても、アリスティドは彼女を抱いていた。アリスティドが無言でいてくれたのは、空虚な言葉よりも気持ちを落ち着かせる役に立った。何分くらい泣いていたのかわからなかったが、イーデンは激情が尽きていることに気がついた。

しばらくして、彼女は体を動かした。「あなたのシャツを濡《ぬ》らしたわ」アリスティドの顔を見るのをためらい、イーデンは彼の胸に顔を埋《うず》めたまま言った。

「さっきも言ったように、着替えるつもりだから気にしなくていいんだ」アリスティドの声は奇妙なほど穏やかだった。

覚えてもいない妻にヒステリックに泣かれるというのは、強靭《きょうじん》な性格のアリスティドでさえうんざりすることだったのかもしれない。

落ち着きをとりもどしたイーデンは、アリスティドに抱かれているのをきまり悪く感じ、膝のうえから降りようとした。「出かけたほうがいいわ」

「まだいい」アリスティドが腕に力を入れたので、イーデンは動けなくなった。「どうして泣いていたのか、話してくれ」

なぜアリスティドにわからないのか、イーデンには信じられなかった。「感情の問題になると頭が鈍いのは、あなただけなの、それともほかの大富豪の人たちもおなじなの？」

「ぼくは鈍感じゃないよ」

「あなたは鈍感よ……ロンドンの霧のなかからものを見ているのかと思うわ」

「なんでそんなことを言うんだ？」

「どうして泣いていたのかってきいたからよ」イーデンはため息をつき、アリスティドの体にもたれた。こうしているほうが安らげる。今ではその気持ちを抑えたり、隠したりする元気もない。

アリスティドはすぐにでもわたしを押しやり、遠ざけるだろう。そして、わたしはまた身重の体で人生のハリケーンのなかにひとりで戻ることになるのだ。

「それが理由でぼくをばかだって言うのかい？」

「ええ」

アリスティドは荒々しい笑い声をあげた。その響きはイーデンのしなやかな体の奥にまで伝わってきた。「きみはいつもいやな思いをしていたのか？」

「だから、泣いていたのよ」

「ぼくがばかなんで、それがテオに与える影響が心配ってわけかい？」アリスティドはからかい口調で言った。しかし、軽い言葉とは裏腹に体は緊張して、こわばっていた。

「だって、あなたはわたしがまえにどんな気持ちでいたか知らないでしょう……わたしのことを忘れているんだから。そのことでもう我慢の限界に来ているのよ。わたしたち、そもそも結婚すべきじゃなかったんだから」

　沈黙のなか、その言葉は二人のあいだに重くのしかかり、数秒が過ぎた。イーデンは自分の心臓の鼓動が聞こえているように感じた。それとも、これはアリスティドの心臓の音なのだろうか？

9

「悪かった」

「どうして？　当然の報いだと思っているんでしょう？」

「いや、そうは思っていない」

　イーデンには信じられなかった。アリスティドは単にわたしにまた泣かれるのがいやなだけだろう。

「立つから、手を放して。あなたにはすることがあるでしょう。わたしもおなじなの」

「なにをするっていうんだい？」

「涙を乾かしたいの」

　アリスティドはふたたび笑った。今回の笑い声は少し自然な感じになっていた。「タオルが必要なのはぼくもおなじだよ」

「あなたが着替える予定でいてくれてよかったわ。予定といえば……」イーデンは夕食の約束をアリスティドに思い出させようとして言った。

「きみにはぼくを追い払いたがる習慣ができはじめているようだね」アリスティドはからかった。朝の出来事を思い出しているのは明らかだった。

アリスティドのユーモアにつきあう気にはなれず、イーデンは悲しげに言った。「いつだって、あなたは出かけるのがうれしいって顔をしているわ」

イーデンの気持ちを察したのか、アリスティドはため息をついた。「どうして今夜、きみもセバスチャンとレイチェルのうちに泊まりに行かなかったんだ？」

「わたしも招待されていたという前提に立っているのね？」

「そうだよ」

「たいした返事だこと」

「どういう意味だい？」

「つまり、今の返事は、お義兄《にい》さま夫婦のほうが、あなたと比べて、はるかにわたしに好感を持っているって意味にもとれるからよ……その場合、わたしの性格に対するあなたの評価がまちがっていることになるわ、ちがう？」

「きみが好きじゃないなんて言ったことはない……ぼくにはきみがわからない、だから結婚している理由もわからない。それで慎重にしているだけだよ」

アリスティドは巧妙な言い逃れをしたが、イーデンは肩をすくめただけだった。「あなたがそう言うなら、そうなんでしょう」

「きみこそぼくの最初の質問に答えていないよ」

返事をするまで、アリスティドはわたしを放してくれないだろう。「テオと一緒にお義兄さんの家に行かなかったのは、今夜は大勢の人たちと一緒にいたくなかったからよ、わかった？」

「うちにいて、泣いていたかったのかい？」

「まあ、そんなところね」イーデンは涙に暮れるつもりなどなかった。最近のストレスのせいで、泣かずにはいられなかっただけだった。

「きみが泣くのを見るのはいやだよ」アリスティドは不機嫌そうな声で認めた。

「そんなこと、気にしないで。わたしが特別な存在だからというわけじゃないでしょう。あなたは単に女性が泣くのを見るのが嫌いなだけよ」

「きみはぼくの妻だよ。特別にきまっているじゃないか」

「あなたがわたしと結婚したのは、わたしがテオを身ごもったからでしょう。そんなのは特別でもなんでもないわ。わたしが不妊症じゃないことしか意味していないわ」

「災難続きだっていうのに、きみはよくぼくを笑わせることができるね？」

イーデンは肩をすくめた。「天賦の才だと思って」

彼はイーデンの頭のてっぺんに顎をこすりつけながら、彼女の体に腕をきつく巻きつけた。あたかも苦しみから彼女を守ろうとしているかのようだった。

「こんな状態のきみを置いて、外出できないよ」

「できるわ」

「以前はそうしていたなんて言わないでくれ」

「わたしはそれほど弱虫じゃないわ」

「ぼくの質問からうまく逃げたつもりかい？」

「質問された覚えはないわ。あなたは意見を言って、わたしはそれに反論しなかっただけのこと。あなたは名誉を回復したいのよ」

「なぜそう思うんだい？」

「わからないわ」

「今日、昼食のとき、家族みんなから非難されたよ」

「どうして？」

「きみをおろそかにしているって言われた」

「みんな、わたしたちの結婚を理解していないのよ」アリスティドの家族の言うとおりだと思いながらも、イーデンにはなぜ自分が彼をかばうのか、わからなかった。

声の調子からすると、アリスティドは家族からの非難にとまどっているようだ。彼はそういうことに慣れていない。それは確かだ。イーデン自身、少なからず驚いていた。フィリッパはもちろんのこと、どんな事柄に関してもセバスチャンがアリスティドを非難するのを見たことは一度もないのだから。

「ぼくたちの結婚と、兄貴の結婚のなにがちがうっていうんだ？」

「あの二人は愛し合っているわ」

「ぼくたちはちがうのか？」

「まえにも言ったでしょう、あなたはわたしを愛していないわ」

「ぼくがそんなことを言ったか？」

「はっきりとそう言ったわけじゃないけど」

「悲観的になるのはやめてほしいな」

「やめられるかどうか、わからないわ」

「どうして？」

「拒絶されたことを克服するのは簡単じゃないからよ。あなたは拒絶されたことなんかないでしょうから、わからないと思うけど、はっきり言えば……むかつくのよ」

アリスティドはふたたび笑った。おもしろがっている声ではなかった。「ぼくがきみを拒絶したっていうのかい？」

「わたしを忘れたわ。拒絶とおなじことじゃないかしら？」

「ちがうね。今日、セバスチャンに言われて気づいたんだが、ぼくは脳震盪《のうしんとう》を起こしたんだ……記憶喪失の原因をこれ以上探るのは、ばかばかしいことなんだよ」

「今はわたしとベッドをともにするのをいやがってるじゃない」

「そうじゃない。おとといの夜、ベッドをともにしたいと言っただろう」

「でも、わたしを必要とはしてないわ」

「しているよ」

アリスティドが言っているのは肉体的に必要だという意味だ。でも、わたしは傷ついた心を心でもって慰めてもらいたい。

「あなたは夜、寂しくて眠れないなんてことはないだろうけど」イーデンは口をつぐんだが、そのときにはすでに自分が望んでいなかった心の内を見せてしまっていた。

「きみはそうなのかい？」

「わたしがイエスって言ったら、あなたのギリシア人のプライドは満足するんでしょう？」

「こう言ったら、きみの女性としてのプライドは満足するのかな？　きみはまちがっている、欲望に体だけじゃなくて心もうずいて眠れないのはきみだけじゃないって」

肉体的な欲望だけではない？　彼は本気でそう言ったの？「ほんとうのことを言っているの？」

「そうだよ。きみはどうなんだい？」

「おなじ気持ちよ」

アリスティドはイーデンの顎を持ちあげ、そっと、だが当然の要求のようにイーデンの唇にキスをした。

「もし夕食をキャンセルしたら……今夜はうちにいて、妻と愛を交わすことにするっていうのはどうかな？　きみは認めてくれるかな？」

「大事な仕事の夕食なんでしょう……」

アリスティドは人差し指でイーデンの唇に押しあてた。「いや、大事じゃないよ、イーデン。ぼくたちのディナー・デートがどうしてきみには大きな意味があるのか、わかっているようなふりはしない。でも、約束を延期して、きみを傷つけたことは悪かったと思っているんだ」

「今夜はわたしたちの出会いの記念日なのよ」

アリスティドはその言葉を聞いていたが、最初は意味がよくわからなかった。イーデンとのディナー・デートは特別のものではないと思う、とカサンドラは言っていた。長年の友達であり、また秘書なのだから、当然、アリスティドは彼女の言葉を信じた。

「あなたはいつもこの日の夜を特別なものにしてくれたの。だからキャンセルされて、わたしたちがどれほど多くのものを失ったか、気づかされたのよ」

彼女は二人が離婚寸前の状態のような声で言った。

アリスティドはそんなことは考えていなかった。

「きみは今でもぼくの妻だよ」

さっきイーデンに非難されたように、ぼくは人の気持ちについて鈍感なのかもしれない。だが、イーデンがぼくとの結婚を永続的なものだと見ていないのはわかる。

アリスティドはふたたびイーデンにキスをした。今回は彼のなかの略奪者としての欲望があらわになっていた。イーデンの涙を味わうと、アリスティドの心はなじみのない苦悩に痛んだ。この女性は自分の妻だ。でも彼女は妻の地位について考えちがいをしている。特別な女性だから、妻なのではないか。

アリスティドがキスを続けていると、やがて二人の呼吸は荒くなっていった。ほどなくイーデンは欲望のうめき声をもらし、アリスティドも欲望に体がうずくのを感じた。

アリスティドはまわした腕のなかでイーデンを立ちあがらせると、彼女を抱きあげて、主寝室に運んでいった。

アリスティドはイーデンをベッドの真ん中に横たえた。「ここがぼくたち二人の場所だよ」

イーデンはなにも言わなかった。

「ぼくはもう二度とほかの場所で寝ない。きみもずっとここで寝るんだ」

「ほんとうに？」

「ぜったいだ」

「わかったわ」イーデンは誘いかけるように体を反らした。

アリスティドはうめき声をあげた。すでに欲望が高まっていて、服を脱ぐまえに爆発してしまうかもしれない。彼はもどかしげにスーツの上着と涙で濡《ぬ》れたネクタイ、シャツを脱ぎ捨てた。

「ずいぶん急ぐのね」イーデンは小さな声で言った。声のなかの女性的な笑いの響きはアリスティドの感覚を魅惑した。

「きみに心変わりされたくないんでね」冗談めかして言ったものの、心の一部では本気だった。

おとといの夜、イーデンに拒否されたとき、アリスティドは理解できない絶望と焦燥を感じ、それがいやでたまらなかったのだ。

彼女が首を横に振ると、髪が枕《まくら》のうえに広がり、茶色の後光のようになった。「そんなことしないわ」

「それを知って、うれしいよ」

イーデンは誘惑の微笑を浮かべた。「ズボンを脱いで」彼女の目の輝きからすると、こんなふうに命令するのは初めてのことではないようだった。以前イーデンがこう命令したとき、ぼくはそれを楽しんでいたらしい。アリスティドがそう判断したのは、自分の体の反応からだった。

普段のイーデンには強引なところはない。だから、彼女にとって、性的な要求をするというのは愛の行為のなかでもなによりも官能的なことなのだろう。

彼は靴を脱ぎ、反対側の足で爪先を踏んで靴下から足を引き抜くと、スラックスとボクサー・ショーツを一緒に脱ぎ、裸でイーデンのまえに立った。体は彼女とひとつになりたがって脈動していた。

　イーデンがじっとアリスティドを見つめた。浅い呼吸に胸が上下している。きれいなグレーの目は欲望に濃さを増して、黒と変わりない色になっていた。

　イーデンは目を動かし、アリスティドの全身を視線で熱く愛撫《あいぶ》した。「あなたは美しいわ、アリスティド」

　アリスティドは胸に鈍い痛みを感じた。自分のことをこんなふうに形容した女性はほかにいない。セクシー、と言われたことはある。男らしい、たくましい、というのもあった。だが、美しいと言われたことは一度もない。アリスティドは彼女の表現が気に入った。しかし、それを声に出して認めるつもりはなかった。

　イーデンは蹴《け》るようにして靴を脱いだ。だがTシャツに手をかけると、アリスティドは首を横に振った。「やめるんだ」

　動きを止め、目を見開いて、イーデンはきいた。

「どうして？」

「プレゼントの包装を開けるときのように、自分の手できみの服を脱がせたいんだ」

　イーデンはつばをのみこんだ。目に希望の炎が燃えあがって、銀色に輝きはじめた。「あなた、まえもよくそう言っていたわ」

　アリスティドは思い出すことのできない以前のことは考えたくなかった。今のことだけを考えていたかった。イーデンが息をのむほどのすばやい動きで、アリスティドは彼女に近づき、体を重ねた。イーデンと触れ合うと、アリスティドの全身に喜びが走った。彼女の服も邪魔には感じなかった。

「アリスティド……なにしてるの？」イーデンはあえぎながらきいた。アリスティドが脚のあいだに体を置き、欲望のあかしで彼女の秘めた部分を愛撫しはじめたからだった。

「おしゃべりはもうおしまいだよ」アリスティドはうなるように言うと、唇を重ね、むさぼるような荒荒しいキスで反応を求めた。

イーデンがうめきながら唇を開くと、アリスティドはすばやく舌を入れ、なかの温かさを求めた。イーデンとこれまで愛を交わしたときのことをアリスティドは思い出せなかった。でも今夜、彼女は自分が根源的なところでぼくと結びついていることをはっきりと知るだろう。

イーデンは脚をアリスティドの腰に巻きつけて、体を反らすようにして押しつけた。

アリスティドは快感に身震いした。自制心が弱まってしまうのはわかっていたが、さらなる触れ合いを求めずにはいられなかった。

体の下にいるイーデンはひどく小さく感じられた。だが、このうえもなく女性的だった。彼をこれほどかきたてる女性はほかにはいなかった。小さな胸の曲線に魅せられ、胸を手で包むと、うれしいことに先端はすぐに硬くなった。彼女の反応を引きだす方法も、自分が夫だということも思い出す必要はなかった。

Tシャツのうえから硬くなった先端を愛撫して、アリスティドはイーデンがブラジャーを着けていないことに気がついた。そうと知ると、自分を待っているにちがいない、ぴったりとしたTシャツの下の素肌に触れたくてたまらなくなった。

両手をTシャツの下にもぐりこませて、肋骨《ろっこつ》をうえにたどっていくと、指先の感触にイーデンが身を震わせた。アリスティドは胸のすぐ下で指を止め、親指でじらすように胸の輪郭をたどった。イーデンはうめき声を出しながら、キスをし、要求を伝えてきた。

イーデンは以前、幾度となくしていた方法でアリスティドに胸を愛撫してもらいたかった。

でも、以前もアリスティドはこんなふうに触れていただろうか？　それとも、他人同然となった今、彼の愛撫の仕方はちがうのだろうか？

いや、そんなことはどうでもよかった。わたしはアリスティドを覚えているし、彼がほしい。アリスティドにとって大事な存在だと確認したい。彼に胸を触れられると、イーデンの思考は爆発して、感情の渦と化した。愛撫にはなじみ深さもあったが、同時に違和感もあった。初めて愛を交わしたときのように、ためらいがちなところがある。彼はどうすればイーデンを喜ばせられるか試しているようだ。

そんなこと気にしないで、とアリスティドに言ってもよかった。どんなふうに触れても、アリスティドはかならずわたしから快感を引きだすのだから。だが、キスをするのに夢中になっていたのと、当然のことながら、彼が生みだす快感に酔っていたせいで、イーデンはなにも言えなかった。

アリスティドはからかうように彼女の胸を愛撫していた。手のなかにきつく包みこんだり、硬くなった先端を指でじらすように触れたりした。アリスティドはわたしが妊娠しているのを知らない。なのに、無意識のうちにか、過敏になっている肌をあまり強く刺激しないようにしてくれている。アリスティドは愛撫が上手、愛撫の達人だわ。

うめき声がもれはじめ、イーデンは体をくねらせた。アリスティドの唇から口を離すと、彼女は早く愛してとせがんだ。

しかし、じらすようなたわむれはさらに続き、アリスティドが先刻の約束どおり贈り物を開けるようにしてイーデンの服を脱がせはじめたのは数分後のことだった。アリスティドはわたしが妊娠していることに気づくだろうか？　ウエストの線にほとんど変化はない。それに、彼はわたしの体が以前どんなだったか覚えていない。気づくかどうか想像するのは楽しかった。しかし、同時にじれったさも覚える。イーデンは早く秘密を打ち明けて、妊娠の喜びを夫と分かち合いたかった。

彼に触れられ、イーデンの思考は消滅した。彼はあらわになった肌にキスをしていった。足からはじめて、うえへと進んでいった。そして、すでに刺激を受けていた胸には、念入りにキスをした。アイスクリームをなめるような感じで、張りつめた先端を舌で愛撫され、イーデンは快感に身を震わせた。

アリスティドが動物のような声を出すのを聞いて、イーデンはふたたび身を震わせた……今回は官能的な喜びのなかに太古の恐怖が混ざっていた。

アリスティドはまだ彼女のショーツには触れていなかった。彼はそっとなかに手を入れた。秘密めかした愛撫にイーデンがスリルを感じるのを知っているかのようだった。

知っているのかもしれない。アリスティドの一部は思い出そうとしているのかもしれない。そう考えると、イーデンの体の奥が溶けた。昔とおなじように愛を交わしたいと願い、イーデンはこれまでの信頼と喜びをこめて、アリスティドに反応した。この愛の行為がわたしたちの結婚を多くの面で修復してくれるように、とイーデンは祈った。

自分がアリスティドにとって大事な存在だというふりをするのは、難しくなかった。なにしろ、結婚して以来初めて、アリスティドはビジネス・ディナーに出かけるのをやめ、家にとどまって、わたしと愛を交わそうとしているのだから。

彼女がそう思ったとき、アリスティドの携帯電話が鳴りだした。

アリスティドは体を起こして振り向き、ギリシア語で悪態をついた。知ってはいるが、イーデン自身は使ったことのない言葉だった。「三十秒、待ってくれ。いいね、かわいい人《ペティ・ム》? そのあとは二人だけで過ごすからね」

イーデンは唇を噛《か》んだ。邪魔が入ったことで二人の親密な時間が終わりにならなければいいのだが。

アリスティドはイーデンの頬を手のひらで包んだ。

「ぼくを信じてくれ」

「わかったわ」

アリスティドは笑顔を見せると、ダイブするような姿勢で床に飛びおり、スラックスのベルトにつけてあった携帯電話に出ようとした。

カサンドラが電話をかけてきたのではないかという不安を抑えながら、イーデンは上体を起こして、アリスティドの大きく、たくましい体の動きを見つめた。アリスティドの優美なうしろ姿からすると、なんの苦もない動作らしい。全身が筋肉でできているようだ。

アリスティドは携帯電話を開けながら、同時にイーデンのほうへ向き直った。

イーデンの視線がどこに向けられているかに気づくと、アリスティドは誇らしげににやりとし、それから電話に向かって言った。「アリスティドだ」

「どこにいるの?」カサンドラの苛《いら》立《だ》った声がイーデンにも聞こえた。

アリスティドは自分自身を見おろし、次にイーデンを見て、おどけた表情を浮かべた。「急を要する問題が持ちあがって、今夜の夕食には行けなくなったんだ」

イーデンは二重の意味を持つ〝持ちあがって〟という言葉を聞いて、笑いにむせそうになり、声を出さないように拳《こぶし》を口にあてて噛んだ。

ベッドに戻ってきたアリスティドは、屈《かが》みこむようにしてイーデンに近づいた。彼女は上体をうしろに倒し、アリスティドの青い目が告げている熱い約束にうっとりしながら、枕に頭を預けた。

「きみひとりで大丈夫だよ。ぼくの個人秘書をしているのはそのためだろう」

アリスティドが体をすり寄せてきたので、イーデンはうめきたくなるのを抑えた。電話の向こうではカサンドラがなにやらしゃべっていた。

彼が身をこわばらせた。「きみはぼくたちのどっちが雇い主か忘れているようだけど、ぼくがなににどう優先順位をつけるか、きみにアドバイスしてもらう必要はないんだ」

アリスティドの乳首にキスをしようと体を伸ばしかけていたのをやめ、イーデンは視線を彼の目にざっと向けた。今の非難の言葉にカサンドラがどう反応するか想像がつく。彼女は人を操る達人だ。

イーデンの心を読んだかのように、アリスティドは首を横に振った。

彼は唇をきゅっと結び、渋い顔をした。目は不愉快そうに細められている。「そのことについては月曜に話し合わなければならないようだな、カサンドラ。それまでは忙しくて時間がとれないんだ」

アリスティドは電源を切ると、携帯電話をぱたっと閉じて床にほうり、イーデンのほうへ向き直った。

「プレゼントの包みをぜんぶ開けるときが来たようだな」

幸福感がイーデンを包みこんだ。アリスティドはわたしのためにカサンドラを追い払ってくれた。

そればかりか、彼は電話の電源を切ってくれた。前回、アリスティドがおなじことをしたのは、テオの出産のときだった。

なによりも大事なのは、アリスティドがわたしのために家にいてくれることだ。

幸せの涙に目が熱くなるのを感じながら、イーデンはほほ笑んだ。「うれしいわ」

彼は眉根を寄せて、イーデンの目からこぼれた一粒の涙を指でぬぐった。「どうしたんだい？」

「なんでもないわ。なにもかもすてきで、耐えられないほどなの」

「ああ……それじゃ、これはうれし涙なんだね」

イーデンはうなずいた。喉がつまって、なにも言えなかった。

「ぼくもうれしい」アリスティドは彼女の体の下に向かって、五感を溶かすようなキスをしていった。

「ああ、アリスティド……あなたは最高だわ」

「最高なのはきみだよ。完璧《かんぺき》な体をしている」アリスティドは両方の胸の先端にキスをした。先端を軽く噛まれるたびに、イーデンは息を止めた。「反応のしかたも最高だよ」アリスティドは両方の肋骨に唇を押しあてると、唇を肌に這《は》わせたまま下に移動させていき、舌でへそを探った。「最高にすてきだよ……ああ、ぼくのイーデン」

〝いとしい人《イネカ・ム》〟ではなかった。でも、近くなってきている。イーデンはアリスティドの記憶があと少しで戻ってくるにちがいないと確信した。すると、体が抑えようもなく反って、アリスティドを求めた。

アリスティドは最後に残ったショーツを歯でくわえ、セクシーな動きで巧みに脚まで引きおろした。イーデンは喜びに失神しそうになった。だが、彼は彼女の秘めた部分にはまだ触れてもいなかった……。

彼女の脚を広げると、アリスティドは秘めた部分にキスをした。ここまで親密な愛撫を許せる男性はアリスティドだけ、とイーデンは思った。

彼の舌が生みだす快感に、イーデンはすぐに絶頂を感じそうになり、声をあげた。体の奥が喜びにこわばっていた。アリスティドは愛撫をやめることなく、彼女を喜ばせつづけた。やがて、イーデンは解き放たれ、体から力が抜けていった。

そのあと初めて、アリスティドは彼女の脈打つ下腹部に自分の欲望を押しつけた。アリスティドの視線の問いかけに、イーデンは彼の腰をつかんで、自分のなかに招き入れた。それは最初に愛を交わしたときからの儀式のようなものだった……体が結ばれるとき、アリスティドはかならずなんらかの形でイーデンの気持ちを尋ね、同意を待った。

ときどき、イーデンはわざと返事を遅らせて、同意するまえに彼が愛の行為をはじめないかと、アリスティドをじらしてみたが、彼はかならず彼女の同意を待った。アリスティドほど自制心の強い男性をイーデンは知らなかった。

アリスティドがすっと体を溶け合わせると、イーデンは数カ月ぶりにアリスティドを身近に感じ、思わず声をあげた。「愛してるわ、アリスティド」

その言葉は自分のものだというように、アリスティドは唇を重ねた。イーデンは熱いキスにのみこまれた。アリスティドは激しい情熱をこめて、イーデンを愛し、やがて二人は歓喜の嵐《あらし》のなかで一緒にクライマックスを迎えた。

そのあと、以前とおなじように、アリスティドは体をひとつにしたまま仰向けになった。イーデンはアリスティドの胸に頭を預け、彼の心臓の音を聞きながら、親密で貴重なひとときを堪能《たんのう》した。

アリスティドが深呼吸をした。「よかったよ」

イーデンは笑みを浮かべずにはいられなかった。

「ビジネス・ディナーをキャンセルするだけの価値はあった？」

「もちろん。これで……今夜を特別な夜にすることができたかな？」

「お互いを再発見するというのは、出会いの記念日のお祝いとして、ぴったりだと思うわ」

アリスティドはイーデンをぎゅっと抱きしめた。

「以前もこんなふうにうまくいってたのかい？」

イーデンは肘をついて体を少し起こし、頭をかしげてアリスティドの目を見た。「思い出せない？」

「ああ」

「だけど……」

「なんだい？」

「記憶があるような愛し方だったわ。他人同士だったら、ありえない親密感があったわ」イーデンは当惑して言った。

　アリスティドはたいして重要なことではないと言いたげに軽く肩をすくめた。「どうやら、ぼくたちの体は互いを知っているようだね」

　わたしと出会うまえにつきあった女性たち――アリスティドは彼女たちともおなじように愛を交わしていたのかもしれない。イーデンはこれまでその可能性を考えたことはなかった。自分たちの愛の行為は、アリスティドにとっても、わたし同様、特別なのだと思いこんでいた。優しさのこもった親密な愛の行為だと思っていたのが、実は磨きあげられたテクニックにすぎないのかもしれないと考え、イーデンは胃が引きつるのを感じた。

「どうしたんだい？　難しい顔をして」

「もしわたしについての記憶を呼び覚ますものがあるとすれば、それは愛を交わすことじゃないかって思っていたの」

「それだから、ぼくがきみに触れるのを許したってわけかい？」アリスティドはきいた。その声からは温かみも、物憂い感じも、消えていた。

「ちがうわ」

　だが、内心の気持ちが顔に表れていたらしく、アリスティドはイーデンをにらんだ。「思っていることを言うんだ」アリスティドは言った。

「あなたがニューヨークから戻ってきたときに、試そうと計画していたの」

「だから、ぼくが別のベッドで寝ると言ったとき、動揺したわけか。きみはぼくの記憶をセックスでとりもどせるよう願っていたんだね」

「計画の一部という意味では、イエスよ」カサンドラから電話がかかっていたときにアリスティドが身をこわばらせたにしても、今回の反応はそれとは比較にならないほど激しかった。「じゃあ、これは……」アリスティドは両手でぐいとイーデンの腰を下へ押して、欲望のあかしをより深く沈めた。「これはすべて実験にすぎなかったのか？」

「ちがうわ」アリスティドの反応に怖くなり、イーデンは激しくかぶりを振った。「わたしたちが愛を交わしたのは、二人とも望んでいたから……そうじゃないの？」

わたしはアリスティドに愛していると言った。そして、以前同様、その言葉を聞いても、アリスティドは愛してる、とおなじ言葉を返してくれなかった。愛していると言った瞬間は、アリスティドが反応しないのをなんとも思わなかったが、でも今は蜂《はち》の群れに心臓を攻撃されているような痛みを感じる。

アリスティドの緊張が少し和らいだ。「そう、確かに二人とも愛を交わしたいと思っていた」

でも、アリスティドが求めていたのはわたし、それともわたしの体？　自分についての記憶がない男性と愛を交わしたあと、わたしはどんな気持ちになるのだろうか？　それはイーデンがこれまでも何度も考えた疑問だった。結果はよくなかった……恥ずかしさでいっぱいだ。わたしたちが結婚していることも、わたしが彼を愛していることも、関係ない。理由はアリスティドがわたしの体とではなく、わたし自身と愛を交わしてくれたという確信が持てないからだ。

イーデンはアリスティドの胸を手のひらで押した。

「起きあがりたいわ」

アリスティドの顔からは怒りが跡形もなく消え、彼は官能的な期待感に目を輝かせた。「ぼくはまだ終わっていないんだ」

「わたしはもういいわ」

「ぼくの記憶がもどらなかったからか？」

どう答えろというのだろう？　「簡単に言えばイエスよ」イーデンは認めた。「でも、実際はこみいっていて、そんなに単純なものじゃないわ」

「説明してくれ」

「起きたいわ」

話が口論に近くなっていたにもかかわらず、アリスティドの情熱はまだ完全に冷めてはいなかった。それどころか、今また熱く燃えはじめていた。

アリスティドは腰を動かし、イーデンにその感覚を伝えた。「いや、ぼくをほしがっているくせに。きみの体は正直に反応してるよ」

イーデンにはその言葉を否定できなかった。胸の先端は硬くなり、アリスティドの愛撫をふたたび求めていた。秘めた部分は脈打ち、アリスティドの情熱を放そうとしなかった。

イーデンにはひとつのことしか言えなかった……アリスティドにも理解してもらえそうな唯一のこと。

「でも、あなたはわたしをほしがっていないわ」

「そんなことはない」

「いいえ。あなたはわたしをほしがってるんじゃないわ。ほかの女性でも構わないんでしょう」

「きみはほかの女性じゃない。ぼくの妻だ」

「でも、わたしを知らないわ」心が苛立ちと苦悩でいっぱいになり、イーデンは叫んだ。

「初めて愛を交わしたとき、ぼくはきみのことをどれだけ知っていた？」

イーデンは赤面し、アリスティドから逃れようとするのをやめた。「初めて愛を交わしたのは二回目のデートのときよ」

アリスティドは勝ち誇ったような笑みを浮かべた。

「それじゃ、きみについての知識は今もそのときと変わらないってことになるな」

アリスティドの理論にイーデンは数秒、なにも言えなかった。「おなじとは言えないわ」イーデンは力なく言い返した。

「なにがちがう？」

「あのころはわたしのことを知りたがっていたわ。わたしにつきまとっていたし」

「それほどじゃないだろう。二回目のデートで愛を交わしたのなら」

「わたしは簡単に手に入る獲物だったわけね」

「あのときも、今も、きみはぼくが求めている女性なんだ」彼はそれを証明するかのように深くイーデンを抱いた。欲望は完全に張りつめていて、ふたたび愛の行為をはじめられるようになっていた。

イーデンは顔をそむけた。「わたし、夫ではない男性と愛を交わすつもりはなかったのよ」

「でも、結婚するまで、きみは一年以上、ぼくの恋人だった」

「ええ」イーデンはささやいた。その声には自分自身に対する失望が漂っていた。

アリスティドは顎をつかんで、イーデンを自分のほうに向かせた。「ぼくがひとりの女性とそんなに長くつきあったことがないのは知っているだろう？」

「つきあっていたと言えるかわからないわ。わたしを一度も家族に紹介してくれなかったから」

「きみをぼくだけのものにしておきたかったからだよ」

「どうしてそう言えるの？」イーデンは嘲《あざけ》るようにきいた。「覚えていないんでしょう？」

「まえにも言ったけど、自分のことはわかっている。きみが今、言ったような状態だったことに対する理由はひとつしか考えられない」

「あなたにとって大事な女性じゃないから。わたしはそう思っていたわ」

「大事な女性だったからこそ、今、きみはぼくの妻になっているんじゃないか」

イーデンは結婚の理由はわたしが妊娠したからでしょう、と指摘するのはやめた。アリスティドはその記憶も失っているようだ。できることなら、わたしだって、忘れてしまいたいことだ。

親密な行為に体は反応していたものの、イーデンの心はなにも感じていなかった。結婚生活を修復するための希望が消えたからだった。

「おしゃべりはもう充分だよ」

イーデンが憂鬱《ゆううつ》そうなのを無視して、アリスティドはふたたび愛の行為をはじめた。イーデンにはアリスティドから身を守るすべはなかった。とはいっても、自分を守りたいとも思わなかった。少なくとも、愛を交わしていれば、大きくなっていく一方の心のなかの冷たい塊を感じないですむ。

10

翌日の午後、アリスティドが広いリビングルームに入っていくと、テオと遊んでいるイーデンの背中が目に入った。つやのある茶色の髪を無造作にたばねてポニーテールにしているので、細い首がむきだしになっている。着ているコットンのトップとジーンズがぴったりとしているので、体の線もはっきりとわかる。アリスティドは昨夜、イーデンの華奢《きゃしゃ》な体から得た喜びを思い出した。

そのときの記憶に欲望を刺激され、アリスティドは体がこわばるのを感じた。

だが、いまいましいことに、昨夜は単に欲望が満たされただけではなく、それ以上のものだった……

イーデンが言ったとおりだった。ぼくたち二人は他人同士のように愛を交わしたのではなかった。だったら、なぜ今日は彼女を他人のように感じてしまうのだろう？　イーデンのベッドに戻るまえよりも、もっと他人のように感じる。

「買い物から帰ってきていたんだね？」アリスティドは言った。

　イーデンは午前中、買い物に出かけていた。同行するというアリスティドの申し出は、あなたのためのクリスマス・プレゼントを買いたいからという口実で断られていた。

「ええ」イーデンは返事をしたが、振り向こうとはしなかった。

「だいぶまえに帰ってきていたのかい？」

「それほどでもないわ」着替えをして、子供部屋からテオをリビングルームに連れてくる時間はあったらしい。

　帰宅しても、イーデンはぼくを捜そうとしなかった。しかし、驚くほどのことではなかった。朝、起きたときからずっとこんな具合だ——ニューヨークから戻ってきて以来、こんなによそよそしかったことはない。まるでぼくに対する感情をいっさい断ち切ったかのように振る舞っている。愛を交わした今では、アリスティドにとっては受けいれがたい態度だった。

「今夜の夕食の予約をとっておいたよ」アリスティドは彼女の気に入りそうなレストランに電話をしていた。

　こういった日常的な雑事をするのはアリスティドにとって久しぶりのことだった。だが、イーデンがその事実を喜ぶとは思っていなかった。

　イーデンは肩越しにアリスティドを見て、形ばかりの笑みを浮かべると、すぐにまたテオのほうに向き直った。テオにははるかに自然な笑みを見せながら、テオのおなかをくすぐり、赤ちゃん言葉で話しかけてやっている。

「ぼくの言ったこと、聞いてたかい?」

イーデンは体を硬くしたが、すぐに意識的に力を抜いたようだった。「ええ、でも必要ないわ。何日かまえにあなたが言っていたとおり、わたしたちの関係はうまくいってないんだから、ディナー・デートをするなんて、意味がないわ」

「賛成できないな」

イーデンが肩をすくめるのを見て、アリスティドは腹が立った。イーデンはろくに口をきこうともしない。今にも怒りが爆発しそうだった。こんなふうにアリスティドの癇《かん》に障る女性……いや、男女を問わずこれほどぼくを怒らせる人間はほかにいない。

アリスティドは不合理な苛立《いらだ》ちを必死に抑えた。

「互いを知り合う必要があると思うんだ」

「わたしはまえからあなたのことを知っているわ」

「でも、ぼくはきみのことを知る必要がある」アリスティドは食いしばった歯のあいだから言葉をしぼりだすようにして言った。イーデンがなんの返事もしないので、彼は言った。「ぼくの記憶はもう戻らないのかもしれない。それを前提にして、これからのことを考えるべきだろうからね」

その言葉を聞いて、イーデンの体がぴくっと動いた。だが、返ってきた反応はそれだけだった。

「きみのことを永遠に思い出せないかもしれないと言われて、心が傷ついたとは思うけど」アリスティドはこれまでになく強いためらいを感じながら言った。「でも、認めなきゃならないことだよ」

テオが喉を鳴らすようにして笑い声をあげたので、アリスティドは驚いた。テオは床に散らばっていた玩具《おもちゃ》のなかからびっくり箱をつかんで、遊びはじめた。ハンドルをまわせるようになっていて、テオは箱からピエロを飛びださせた。静けさを破って鳴りだした子供向きの音楽は、大人には耐えがたい響きだった。

ようやく、イーデンがアリスティドのほうを向いた。表情は冷ややかだった。「つまり、あなたはわたしのことを知って、わたしがあなたの妻としてふさわしいかどうか判断したいのね」

「そうは言ってない」

「それじゃ、目的はなんなの？」

「ぼくが妻のことを知りたがるのは、そんなに理解しにくいことかな？」

「そのためにデートをする必要はないわ。ここでだって、できることよ……あなたがうちにいれば」

「ぼくはきみを外に連れていきたいんだ」自分が留守がちだったことを指摘され、アリスティドは苛立って言った。

これからはもっと家にいるようにするつもりだったが、彼はそれをイーデンに告げるような愚は犯さなかった。今の彼女は、なにを言っても、それを言葉どおりに受けとってくれそうにない。

イーデンはため息をついた。「はじめからまたわたしに求愛する必要はないのよ。もうあなたの妻なんだから」

「その言い方だと、ぼくたちがつきあいだしたとき、ぼくはあまりきみを口説かなかったようだね」

イーデンがたじろぐのを見て、アリスティドは自分の失言を呪《のろ》った。

「つきあっていたときのことをどう言おうと、それは昔のこと。今、わたしたちは結婚しているのよ。あなたの言った言葉を借りて言えば、デートをするなんて、今のわたしたちにとっては建設的なことじゃないわ」

「そうは思わないね」

イーデンはあきれたように目をむいた。「どうしてそんなにデートにこだわるの？」

「そっちこそ、どうしてそんなにデートをいやがるんだい？」

「わたしたちの結婚の形態をようやく受けいれる気になったからだと思うわ」

その言葉を聞くと、なぜかアリスティドの背筋に寒気が走った。「ぼくが結婚を受けいれていなかったのかもしれないな」

「どうして？」イーデンはきいた。氷がついに割れはじめ、冷淡な外見の下にいる傷ついた女性が顔をのぞかせていた。「あなたとおなじような立場の男性が結婚に求めるもの、あなたはそのすべてを手に入れていたのよ。子供を産み、夫が望むときにはいつでも求めに応じる貞淑な妻。あなたがわたしに求めたのはそれだけでしょう。わたしもやっとそれを受けいれることにしたのよ、わかった？」

涙が浮かんできて、声もつまっていたが、イーデンは涙を流すまいとした。

「だから、気にしないでこれまでどおりの生活を続けて。何時間でも仕事をして、一年の半分は出張に出かけ、オフィスでの仕事が終わったあとも、妻よりもたくさんの時間を個人秘書と過ごせばいいわ」

裏づけとなる記憶がないため、アリスティドはイーデンの言葉にどう反論したらいいのかわからなかった。そこで、彼は彼女がぜったいに異を唱えない、あることを言った。「でも、月曜になれば、ぼくの個人秘書はいなくなる」

イーデンは顔面蒼白《そうはく》になり、上体をふらつかせた。アリスティドは彼女のかたわらに膝をつくと、肩をつかんだ。「大丈夫かい？」

「カサンドラが辞める。今そう言ったの？」イーデンは信じられないという調子で弱々しく言った。

「いや」

イーデンの目が苦しげに閉じられた。「そうよね、そんなことあるはずが――」

「彼女を解雇しようと思っている」イーデンの言葉をさえぎって、アリスティドは言った。

　イーデンがぱっと目を開け、彼を見つめた。彼女の目に希望が浮かんでくるのを見て、アリスティドの心は痛んだ。「もう一度言って」

「月曜の朝いちばんにカサンドラを解雇するつもりだ」

「でも、あなたにそんなことできないわ」イーデンはか細い声でつぶやいた。

　イーデンの反応を見て、彼は自分の決断が正しかったことを知った。「保証してもいい、できるよ」

「でも、どうして解雇するの？」

「昨日の夜のディナー・デートは単なる普通の外食で、キャンセルしてもきみは気にしないだろう、と彼女は言ったんだ」

「まちがっていたのね。でも、どうしてそれが彼女の解雇につながるのか、わからないわ」

「専属の個人秘書なら、特別な日を知らないはずがない。それに気づいて、ぼくは自問してみた。きみのことに関して、彼女がほかにどんな嘘《うそ》をぼくに吹きこんでいたのかって。考えれば考えるほど、嘘をたくさんつかれていたのに気がついた。きみをアンドレア・デュマキスの同類だと考えているのは彼女だけのように思える。だとすると、当然、それも彼女の嘘だってことになる」

　アリスティドはなぜ自分が美しい妻についての記憶を失ったのかわからなかった。だが、もし彼女が地獄から来たような悪女なら、ぼくはサンタ・クロース並みの寛大な男と言えるだろう。

　イーデンはつばをのみこみ、まばたきをして涙をこらえた。「彼女はわたしたちの結婚を壊そうとしていたわ」

　アリスティドはイーデンの言うとおりだろうと思った。筋の通る説明はそれ以外に考えられなかった。

「いつから?」

「最初から」

「でも、どうして?」

「彼女はあなたをほしがってるのよ」

「ぼくは彼女をほしくなんかない」

イーデンは疑っているようだった。

アリスティドにはイーデンを責められなかった。昏睡《こんすい》から覚めたとき以来、自分は何度もカサンドラの肩を持ったのだから。目覚めた世界で感じた心細さをイーデンにどう説明したらいいのか、アリスティドはわからなかった。周囲のだれもが知りながら、自分には謎《なぞ》でしかない妻というパズルの一片。だから、よく知り、信頼できると考えた女性に頼ったのだ。

「彼女の言葉を鵜呑《うの》みにして、きみを傷つけてしまって、すまないと思っている」

「彼女を友達だと信じていたのね」

「でも、向こうは友情以上のものを求めていたんだな」

「あなたも友達以上の気持ちを持っているって、彼女は言ってたわ」

「昔のことだよ……三年まえ、ごく短期間だったがつきあっていたんだ」

「わたしたちが出会ったころね」

「彼女とのつきあいは、ぼくのほうから終わらせた。それがきみと出会うまえか、あとかは、わからない。でも、わかっていることがある。ぼくは同時に二人の女性とベッドをともにしたりしない」

イーデンはうなずいた。だが、彼女の灰色の目には依然として疑念の影が浮かんでいた。「わたし、ディナー・デートのあいだ、テオを預かってくれるかどうか、レイチェルにきいてみるわ」

イーデンがディナー・デートに同意しただけなのに、アリスティドは異様に大きな安堵《あんど》を感じた。

「使用人のだれかが、うちでテオを見ていてくれるよ」

「わたしは身内に預けるほうが好きなの。レイチェルもおなじだから……以前はそれでお互いに預け合って、うまくいってたのよ」

「いつもテオをそばに置いておきたいんだね」彼は微笑した。イーデンの考えには全面的に賛成だ。

「そうは言ってないけど、でも、そのとおりよ」

「セバスチャンはニューヨークへの旅はきみが初めて同行した旅だったと言ってたけど、それはきみが決めたことかい？　それともぼくが決めたことだったのかい？」

「あなたの考えよ」

アリスティドは顎をこわばらせた。すべての事情から考えて、自分の決めたことだろうとは思っていたが、これで確認がとれた。「そうなのか。それで、きみはいやじゃなかったんだね？」

イーデンは顔をそむけた。「その質問には答えたくないわ」

「なぜだ？」くそっ、ぼくの知らないことがありすぎる。

「あなたには思いもよらないことかもしれないけど、こんなことになったせいで、わたしは屈辱的な思いばかりしているのよ」

「どうしてきみが屈辱的な思いをするんだ？」

「あなたは頭がいいわ……だれもがそう言うわ。自分で答えを出してみて」

そのときテオがイーデンの注意を引こうとして、彼女のシャツをつかんで、立ちあがった。

イーデンはテオのほうへ向き直った。「もうすぐ歩けるようになるわね、そうでしょう？」イーデンは笑顔できいた。かわいい息子への愛で心がいっぱいのようだった。

邪魔されたことに苛立ちを覚えると同時に、息子の成長ぶりを喜ばしく思い、アリスティドは言った。

「歩けるようになったら、目が離せなくなって、たいへんだろうな」

　イーデンは笑ったが、その声は少し不自然だった。

「この子はエネルギーの塊だものね」

　朝、テオを引きとりに行ったときの兄の家の騒ぎを思い出しながら、アリスティドは言った。「セバスチャンとレイチェルみたいに二人も子供を持つなんて想像できないね。まだ今のところは」

　イーデンはふたたび体をこわばらせた。「子供は六人ほしい、と以前のあなたは言ってたわ」

「適当な間隔を置いてというのがぼくの希望だよ」

　イーデンは震える指で涙型のダイヤモンドのイヤリングをつけようとして、三回目にようやくちゃんとつけることができた。夫とのディナー・デートだというのに、十代のとき、初めてダンス・パーティーに出かけたときよりも緊張している。

　アリスティドがカサンドラを解雇する。

　信じられなかった。アリスティドが記憶を失うまえ、ニューヨークで初めてカサンドラを批判したとき、アリスティドはカサンドラを信じきっていて、彼女を擁護した。ところが、わたしがなにかを仕向けたわけでもないのに、突然、アリスティドはカサンドラを解雇すると言いだした……彼女が嘘をついていたのに気づいたからだとアリスティドは言っているが。

　出会いの記念日のディナー・デートにどんな意味があるか、アリスティドはその記憶も失っていた。だが、カサンドラなら当然、知っているはずだと彼は推断した。イーデンは微笑した。アリスティドはほんとうに頭脳明晰《めいせき》だわ。たとえわたしが自分の強い感情を彼に見せるのがいやなな理由が、彼にはわからないとしても。

知りたいことがある。アリスティドがカサンドラを追い払うのは、わたしを傷つけたからなのだろうか？　それとも、嘘つきで、もう信用できないからなのだろうか？　わたしを傷つけたというのが、少しでもいいから理由のなかに入っていてほしい。

　とはいえ、カサンドラは解雇されようとしているし、アリスティドが結婚生活をうまくいかせたいと思っているのも明白だ。一年以上になる結婚生活のなかで、これほど自分の望んでいたように物事が変わったのは初めてだ。

　うれしくて、踊りだしたいような気持ちがする。

　でも、カサンドラが言葉巧みにアリスティドを説得して、解雇を撤回させるということもおおいにあり得る。彼女は人を出し抜く名人なのだから。でも、いやな可能性をあれこれ考えたくない。アリスティドは頭がいい。いくらカサンドラが上手に嘘をつくといっても、もう彼女にだまされないだろう。

　イーデンは出かける支度を続けたが、マスカラをつけているとき、頭に突然、ある考えが浮かんできて、凍りついた。もしアリスティドがわたしのことと、以前の結婚生活についての記憶をとりもどしたら、彼自身も事故のまえとおなじ男性に戻るのだろうか？　仕事優先で、結婚生活はふたたび二の次にされてしまうのだろうか？

　そんなことになるくらいなら、今のまま、夫の記憶から消えた妻のままでいたいような気もする。

　アリスティドはイーデンを二人がひいきにしていたレストランに連れていった。なぜそこが二人の好きな店だとわかったのかは謎だったが、イーデンはアリスティドの努力をうれしく思った。

　いつもの席に着くと、イーデンは彼にほほ笑みかけた。「ここに連れてきてくれて、ありがとう」

「なにか特別な思い出があるのかい？」今回だけは、

思い出せなくても心が痛まなかった。

「ええ。このお店のオーナーには弟さんがいて、ニューヨークでレストランを経営しているの。わたしたち、最初のデートのとき、そしてそのあと何回も、その弟さんのレストランで食事をしたのよ。超音波装置でおなかのなかのテオを初めて見たあと、お祝いをするためにあなたはわたしをこのお店に連れてきてくれたわ。ニューヨークのお店との関係を教えてもらうと、わたし、ばかみたいに泣いたわ」

アリスティドのセクシーな青い目がイーデンの心を溶かした。「ぼくは喜んだだろうね」

彼女は笑った。「ええ、喜んでいたわ。あなたは悲しい涙は嫌うけど、わたしをセンチメンタルな気持ちにさせて、泣かせるのにはひねくれた喜びを感じるみたい」

彼は向かいの席から腕を伸ばして、イーデンの手を握った。「きみを幸せにしたいだけだと思うよ」

「だったら、どうして出張に行くとき、わたしを家に残して出かけたの？」イーデンは声にそのときの苦しさが出たのに気づき、うしろめたさを感じた。

だいいち、今のはアリスティドには答えようのない質問だ。用心しなければ、わたしは過去の苦悩で現在を台無しにしてしまいそうだ。

だが、アリスティドがイーデンの質問に動揺した様子はなかった。いつもどおりのさりげない自信に満ちた表情を浮かべていた。「わからない。ニューヨークで、きみはこう言ってたね。ぼくは結婚に乗り気じゃなかったって。だけど今は、結婚していることに満足しているよ」

「それじゃ、これからはあまり旅に出ないってこと？」

「きみやテオと長いあいだ離れているのはいやだからね」

質問に直接答えたものではないけれど、これまでのアリスティドの態度と比べて、ずっと期待が持てそうだ。とはいえ、以前のアリスティドは、感情的なかかわりを持とうとしなかった。それがどうして今は、結婚していることに満足できるのだろう？ 今のアリスティドにとって、わたしは他人と変わらない……でも、それはどうでもいいのではないだろうか？ 以前、彼がわたしと感情的なところで親密になれなかったのには、わたしの側になにか問題があったからかもしれない。これから、もっと一緒に過ごせば、アリスティドはその問題を再発見することになるのではないだろうか？

「急に不安そうな顔になったね、イネカ・ム。なにを怖がってるのか、言ってごらん。ぼくと一緒に過ごす時間が増えるのがいやなわけじゃないね？」彼は自信に満ちた口調でからかうように言った。

「今、わたしのことを〝いとしい人〟って言ったわね？」

「ぼくの妻、いとしい人《イネカ・ム》……きみはその両方じゃないか」

「ええ、でも、あなたはまえにそんなふうには感じられないって言ったわ。妻がいて、自分は夫という感じはしないって言ってたわ」

「ぼくたちは愛を交わした」アリスティドはそれですべて説明がつくというように言った。たぶん、彼にとってはそうなのかもしれない。

男性には原始的で、単純なところがある。洗練されているにもかかわらず、アリスティドの性格のなかには原始的傾向が多くある。

彼は親指でイーデンの手のひらを撫《な》でながら、獲物をねらう猛獣のように微笑した。「ひとつ質問をするけど、答えをはぐらかそうなんて考えないでほしい。なにをそんなに怖がってるんだい？」

イーデンは唇を噛《か》んだ。わたしはこの男性に完全に魅了されてしまっている。この二日間、彼はわたしの気持ちにこれまでにないほど興味を持った。つきあっていたときも、結婚してからも、これほどの興味は見せたことはなかった。「あなたが変わってしまったら、どうなるのかしら？　それが怖いの」

「どうしてぼくが変わるっていうんだい？」

　イーデンが理由を話すと、アリスティドは眉根を寄せた。「きみが考えているよりも、ぼくはずっとよくきみのことがわかっている。以前のぼくの行動になにか問題があったにしても、それはぼくがまだ気づいていないきみの性格の欠陥のせいじゃない」

「どうしてそう言いきれるの？」

「昏睡から覚めて以来、毎日、きみの欠点を見つけようとしていたからだよ。でも、なにも見つからなかった。自分のものにして、結婚して正解だったと思える女性がいただけだった」

　アリスティドの表現は奇妙な感じがしたが、イーデンは彼のセックスに対する原始的な考え方を思い出した。恋人になったときから、アリスティドはわたしを〝自分のもの〟と考えていたのにちがいない。

「きみについてのぼくの考えは変わらないよ」

　そのとおりならいいのだが、とイーデンは思った。もし結婚生活が以前とおなじようなものに戻ってしまったら、わたしの心は枯れて、死んでしまうだろう。二十四時間まえに自分が結婚生活に望んでいたものを思うと、信じられないような気がする。アリスティドが築きたがっているらしい関係は、まさにわたしが夢見ていたもののすべてではないか。

　アリスティドが言っていたように、記憶が永遠に戻らない可能性もある。おなかの赤ちゃんのことを話しておいたほうがいいのではないだろうか？　でも、話せないのが自分でもわかっていた。本音を言えば、話したくなかった。そのまえにどうしても、知っておきたいことがある。アリスティドはわたしと一緒にいたいから、わたしといると言っているのだろうか？　それをはっきりと知っておきたい。

　さらに言えば、アリスティドがわたしの妊娠をテオのときとおなじように喜ぶとは思えない。彼は一年半を〝適当な間隔〟だとは思わないだろう。

　とはいえ、自分に間もなく二人目の子供が生まれようとしているのを思い出せずに、アリスティドが言った悪気のない言葉を深刻に考えてもしょうがないのではない？　アリスティドは父親であることを楽しんでいる。たとえ理想どおりに適当な間隔を置いたにしても、二人目の子供となれば、最初のときほど有頂天にならないのが普通だ。でも、彼はちがうかもしれない。

　そうであってほしい、とイーデンは思った。

　いずれにせよ、おなかのなかの赤ん坊のことは、なんとか均衡を保っている現在の結婚生活に持ちこみたくない話題だった。


　テーブルにアリスティドが注文した薔薇《ばら》が届けられるのを見て、イーデンは息をのんだ。そして、薔薇の花束のなかに宝石ケースがあるのを見ると、彼女はふたたび息をのんだ。

「開けてごらん」アリスティドは言った。

　イーデンは震える手で黒のベルベット張りの小さな箱を取りあげた。アリスティドは向かいの席にいるイーデンを立たせ、自分の席に引っぱってきて、抱き寄せたいという気持ちをなんとか抑えた。彼女は華奢で、傷つきやすそうに見える。以前の自分もそのことに気づいていたのだろうか？　それとも、以前のイーデンはそういう面をうまく隠していたのだろうか？

　指輪の箱を開けると、イーデンはすすり泣くような声をあげた。「なんてきれいなの」

　出会いの記念日の指輪が午前中、イーデンが買い物に出ているときに届けられると、アリスティドは箱を花屋に届けさせ、花束のなかに入れるよう頼んでおいたのだ。

この記念日に最初なにをイーデンに贈るつもりだったのか、手帳をくまなく見たものの、わからなかった。カサンドラが知っているのはわかっていたが、彼女が正直に教えてくれるとは思えなかった。それどころか、イーデンの心をさらに傷つけるか、彼女を困惑させるような品を勧めてくるような気さえした。

「指に合うかい？」サイズは宝石店に結婚指輪のサイズから推測して選んでもらったものだった。

イーデンはダイヤモンドの記念指輪を指にはめると、唇を震わせながら、うなずいた。

「泣きださないでくれよ」

「泣きたくなるようなことだわ」

夫の記憶から消されてしまい、心を痛めながら暮らしていたのだから、これはうれし泣きだろう、とアリスティドは思った。

イーデンは手を伸ばすと、潤んだ目を輝かせて、うっとりと指輪を見た。「すばらしい指輪だわ」

「はめている女性のほうがもっとすばらしいよ、イネカ・ム」

イーデンの目がさっと自分に向けられ、アリスティドはなぜかどきっとした。はじめからまた求愛する必要はない……自分たちはもう結婚したのだから、と彼女は言っていた。だが、アリスティドは自分が彼女に求愛したがっていることに気づいた。イーデンにはぼくと結婚していることに幸せを感じてもらいたかった。出会ったときのことも、初めて愛を交わしたことも忘れてしまった男としかたなく一緒にいるのだと思ってほしくなかった。

アリスティドのプライドが、さらに心のなかのなにか強力なものがそれを要求していた。

ダンスをするためにイーデンを腕のなかに引き寄せると、アリスティドは大きな安堵を感じた。テーブル越しにイーデンのきれいなグレーの目のなかの傷つきやすそうな表情を見たときから、彼はイーデンを腕に抱きたくてたまらなかった。

食事のあいだ、二人はずっと話をし、イーデンは仕事に関して驚くほどの理解を見せてくれていた。大物ビジネスマンの父親のために働いていたことがあるからだ、と彼女は説明した。だが、そのあとニューヨーク市を離れて、ほんとうに好きな美術と歴史関係の仕事に就いたのだとも言っていた。出会ったときは、イーデンはニューヨーク州北部の小さな美術館で、学芸員補をしていたようだった。

彼女に合った仕事だったらしいが、仕事が恋しくなることはないのだろうか？　アリスティドが疑問をぶつけてみると、イーデンはフルタイムで子育てをするのは楽しいし、アテネに拠点を置く美術館協会でボランティアの仕事をしているので、興味は充分満たされていると答えた。

イーデンのことを知れば知るほど、妻が特別で、すばらしい女性なのがわかった。

セクシーなのは言うまでもない。腕に抱いているときの感触もいい――というより、よすぎた。アリスティドの体は当然のことながら、反応していた。だが、彼はそれを隠そうとはしなかった。

「きまり悪い思いをしたくなければ、このままここでもうしばらくダンスをしていたほうがよさそうね」アリスティドの胸に顔を埋《うず》めながら、イーデンはハスキーな声で彼をからかった。

アリスティドは恥ずかしがり屋の妻のことだから、少し体を離すのではないか、と思った。ところが、逆にイーデンは彼に体をすり寄せてきた。

イーデンの柔らかい下腹部が自分の欲望のあかしに押しつけられると、その甘美な拷問に欲望はさらに大きくなった。「そんなことをすると、いつになってもダンスフロアを離れられないよ」

イーデンのハスキーな笑い声に、快感の波がアリスティドの体を包んだ。彼は懸命に自制した。イーデンをダンスフロアから連れだし、二人だけになれる場所に行って愛を交わしたかった。彼女は視線だけでぼくを誘惑できる。それを知っていたから、ぼくは彼女から離れていようとしたのだろうか？

いや、あれは事故のせいで用心深くなったからにきまっている。結婚生活について不吉なものを感じたからとも言える。大叔父の身に起きたことを考えれば、自分に対して性的影響力を持つ女性を簡単に信用しないというのはもっともな理由だ。

しかし、今は彼女を遠ざけておくことが安全策だとは思えなくなっていた。

おそらく、ぼくはイーデンを失いそうな状況のときに記憶を失ったにちがいない……少なくとも、結婚生活になにか重大な問題があったのは確かだ。昏睡から覚めて以来、ぼくはいろいろなことの対処法をまちがえてばかりいたように思える。だが、それらは是正しなくては。ぼくにならできるだろう。

アリスティドに抱きあげられて主寝室に入っていったとき、イーデンの体は欲望に燃えていた。彼はドアを蹴《け》って閉めると、邪魔が入らないよう鍵《かぎ》をかけた。アリスティドは車からイーデンを抱いていくと言い張って聞かなかった。彼女を抱いて家に入った記憶を失ってしまったから、今、その記憶を作りたい。アリスティドはそう言った。

そんなロマンティックな頼みを断ることができるだろうか？　たとえ断りたかったとしても無理だ。それに断りたいとも思わなかった。

イーデンはアリスティドに抱きあげられ、運ばれていくのが大好きだった。もし記憶が戻れば、アリスティドはそれが習慣のようになっていたのを思い出すはずだ。

　でも、今夜は特別だ。今夜のアリスティドはずっとロマンティックなエスコート役の手本だった……すばらしい食事とワイン、そして、官能をくすぐるダンス。今、アリスティドが誘惑の最後の仕上げをしようとしているのは疑いようもなかった。イーデンの望みは、アリスティドがそれを実行してくれることだけだった。

　まだアリスティドを完全に信用しきれなかったものの、イーデンはアリスティドのこういうところが好きだった。これが続いているあいだは、喜びを楽しみたかった。アリスティドが好きという気持ちが変わることはないだろう。幸せな瞬間が来たら、それをしっかりとつかまなければ。将来の不安は……将来になってから悩めばいい。

　もしアリスティドがほんとうにカサンドラを追い払ってくれるなら、うまくいけば、将来が輝かしいものになる可能性もあるだろう。

　イーデンはキスを求めてきたアリスティドの唇が生みだす快感に心をゆだねた。

　アリスティドはキスを中断して、快感に男性的なうめき声をもらした。「きみの味が好きだよ、愛する人《アガペ・ム》」

　アリスティドはイーデンの唇をなめ、舌の先で境目をからかうようになぞりながら、軽く圧力を加えて唇を開かせようとした。イーデンは唇を開くと、舌を出したり、引っこめたりしてアリスティドを誘った。アリスティドは彼女の招きに応じ、舌をからませながら、イーデンの口のなかを探った。

　イーデンはアリスティドの肩、胸、顔と手の届くところすべてに指を這《は》わせて、アリスティドの体温をとりこもうとした。彼は感触も匂《にお》いもすてきで……男性的で……夫らしく……人生の伴侶《はんりょ》という感じがする。素肌に触れたくなり、イーデンはボタンをはずして、シャツのなかに片手を滑りこませた。

　胸毛の生えたアリスティドの胸に手が触れると、イーデンもアリスティドもうめき声をもらした。アリスティドはたくましく、手のひらに触れる固い筋肉はビロードで覆った鋼鉄のように感じられた。イーデンはアリスティドの乳首を探りあてると、先端が硬くなるまで人差し指でくり返し円を描き、それから硬くなった先端を親指と人差し指ではさんで、きゅっとつまんだ。アリスティドがうめき声をあげ、イーデンをつかんでいた手に力がこめられると、彼女の秘めた場所は熱く脈打ちはじめた。

　イーデンはアリスティドの胸全体に触れたくなり、ジャケットに手を伸ばし、腕を片方ずつ抜かせようとした。キスを続けながらそうするのは難しかったものの、なんとかアリスティドの両腕を袖《そで》から抜くと、アリスティドの腰に脚をまわして、ジャケットを払いのけた。ネクタイは比較的簡単にとれたが、シャツはスラックスのなかから引っぱりださなければならなかった。裾《すそ》が出ると、イーデンは残っていたボタンをはずし、肩のうしろに押しやるようにしてシャツを脱がせた。

　上半身を覆っていた服がなくなると、イーデンは愛撫《あいぶ》に戻った。彼女の指の動きに、アリスティドは大きな体を震わせて、喜びの声をあげた。

　イーデンは自分の体でアリスティドの素肌をじかに感じたかったが、服を脱ごうにも、彼の胸から手を離せなかった。

　アリスティドもおなじように素肌を触れ合わせたいと思ったようだった。彼は片方の腕でイーデンを抱き寄せたまま、もう一方の手で彼女のドレスをうえにたぐり寄せ、少しのあいだだけ唇を離して、ドレスを頭から引き抜いた。イーデンが身につけているのは腿までのストッキングとショーツだけになった。

ブラジャーをつけていなくてよかった、と思いながら、イーデンはアリスティドの固い胸に自分の胸を押しつけた。

アリスティドは彼女の唇から口を離し、声をあげた。イーデンの胸が触れたせいで火傷《やけど》をしたかのような声だった。ほんとうにそうなのかもしれない……わたしも自分の体が熱くなっているのがわかる。

胸の先端がアリスティドの黒い胸毛に触れ、ちくちくするのを感じると、イーデンはアリスティドにさらに胸をこすりつけて、胸毛の感触とその快感を求めた。

「きみはほんとうにセクシーだね、イーデン」

イーデンはアリスティドの顎から首へとキスをしていくのに夢中で、返事をしなかった。お気に入りの首の付け根まで来ると、イーデンは舌を這わせて、塩気のある男らしい肌の味を堪能《たんのう》した。

アリスティドの手は彼女の背中にまわされ、シルクのショーツのなかへ入り、手のひらでヒップを包みこんだ。そして、柔らかいヒップをもみはじめた。指は腿の付け根のすぐそばまで近づいたものの、愛撫をどこよりも求めている体の芯《しん》には触れようとしなかった。

イーデンはアリスティドの首を優しく噛みながら、体の芯をスラックスのなかに隠されたアリスティドのこわばりに押しつけた。

視界が動き、気がつくと、イーデンはベッドのうえにいて、アリスティドはかたわらでスラックスを脱いでいた。前回この姿を見たときからまだ二十四時間も経《た》っていない。

イーデンはショーツを脱いだ。だが、彼女が腿までの長さのストッキングを巻くようにして脱ぎかけると、アリスティドが言った。「待って……そのままにしておくんだ」

かすれた声で発せられた命令を聞き、イーデンの背中に震えが走った。彼女はマットレスに体を沈めながら、腿までのストッキングを身につけただけの自分の姿をアリスティドが気に入っていたことを思い出していた。

両手をアリスティドのほうへ伸ばすと、イーデンはさらに脚も広げて、二重の刺激でアリスティドを誘った。

アリスティドは欲望が高まったのか、すばやく体を重ね、激しいと同時に滑らかな動作でイーデンとひとつになった。「きみはぼくのものだよ」

「ええ。そして、あなたはわたしのもの」イーデンは体を反らした。信じられないほどの快感を覚え、理性を失いそうになった。

アリスティドは動物のようなうなり声をあげ、二人は荒々しく愛を交わした。これまでにも情熱的な行為は何度もあったが、これほどの激しい行為はなかった。

イーデンは体のなかで快感が螺旋《らせん》状に渦を巻いて上昇していくのを感じた。快感の渦は一点に向かって収斂《しゅうれん》をはじめ……収斂して……爆発した。そして、エクスタシーの波が今度は外側に放射状に広がっていった。わずかに残っていた理性が今夜は二人きりで家にいるのではないと告げていたものの、イーデンは喜びの叫びを抑えることができなかった。

アリスティドがクライマックスに体を硬くした。そして、おなじように抑えようがなかったのか、彼も叫び声をあげた。

そのあと、アリスティドはイーデンのうえに倒れこんだ。彼の呼吸はイーデンの呼吸とおなじように荒かった。「愛している《サガポ》、いとしい人《イネカ・ム》。愛しているよ」

イーデンの心のすべてがその言葉を拒絶した。

「いいえ……あなたにはわたしを愛せないわ……」

11

アリスティドは上体を起こして、イーデンを見おろした。怖くなるほど原始的で、険しい表情をしている。「愛しているんだ」

「以前はちがったわ。今のはただのセックス……すばらしくて圧倒されたけど。今もまだ圧倒されてるわ」イーデンは荒い息をしながら認めた。

アリスティドは頭をはっきりさせようとするかのように首を横に振った。「きみは昨日の夜、愛しているって言ったね。否定するなよ」

ああ……それですべて説明がつく。「否定するつもりはないわ。わたしはあなたを愛している、だからといって、おなじ言葉を返さなきゃならないと思う必要はないのよ。以前のあなたはそんなことは言わなかったわ」

「今は言う」

「言わなくていいの。ほんとうに。お願いだから、気をつかわないで、アリスティド。あなたがわたしを愛していないのはわかっているし、わたしはそれを受けいれることにしたんだから」

アリスティドは飛びのくように彼女から離れて、怒りに体を震わせながらベッドのそばに立った。

「きみが聞きたがっているから、愛していると言ったわけじゃない」

妊娠中のホルモン分泌のせいで、また目に涙が浮かんできた。イーデンは目をしばたたいて泣くまいとした。「あなたを怒らせるつもりはなかったの」

つばをのみこむ。すばらしい夜が言葉で台無しになってしまい、むなしい気持ちがした。これまでずっと聞きたいと思っていた言葉。でも、その言葉は真実を告げていない。「ただ、まちがった罪悪感から、愛しているなんて言ってほしくないだけなの」

「ぼくがどんな罪悪感を覚えるっていうんだ？」

「いえ、なにも……わたしは……」イーデンは首を横に振った。先を続けることができなかった。

「泣かないでくれ」アリスティドはうなるように言った。

「泣いたりしないわ」イーデンは顔をそむけ、はなをすすりながら、何度もまばたきをした。

アリスティドが毒づくのが聞こえ、マットレスが沈むのが感じられた。次の瞬間、イーデンは彼の腕に包みこまれるように抱かれていた。「愛している。でも、きみは以前のぼくがきみを愛していなかったから、今、ぼくの言うことを信じられないというんだね。それは本心じゃないだろう？」

イーデンは頭を少しあげた。警戒を浮かべた灰色の目を見て、彼はふたたび悪態をつきたくなった。

「わたしを愛するつもりがあったなら、そのときに気づかなかった？　つまり、テオが生まれたとき、あなたはほんとうに幸せそうだったわ。誇らしげで、喜びでいっぱいだったわ。だけど、あなたはあのときもわたしに愛しているとは言ってくれなかった」

その後もずっとイーデンはぼくが愛していると言うのを願っていたのか。愛の行為で記憶が戻るのを彼女が期待していたときのように、妻を傷つける失言をするまい、とアリスティドは歯を噛《か》みしめた。記憶喪失がこれまでになく厄介なことに感じられた。

「どうして以前、きみに愛していると言わなかったのか、ぼくにはわからない」彼は言った。「でも、愛する気持ちがなかったということにはならないよ」この女性を愛さないのは愚か者だけだ。

イーデンは深呼吸をした。表情が変化しはじめ、誘惑するような輝きが目に浮かんできた。

彼女は肘をついて体を起こすと、アリスティドを押してマットレスに寝かせ、唇を近づけた。「いいの、アリスティド、ほんとうに。以前のことや、あなたがどうしてわたしを思い出せないのかは考えたくないの。今は愛を交わしたいだけ。ずっとあなたが恋しくてたまらなかった。昨日の夜だけじゃだめ。まだなんの埋め合わせにもなっていないわ」

こんなふうに率直に誘われて、抵抗できる男はいない。イーデンにキスをされ、キスを返すと、アリスティドの情熱はよみがえってきた。

イーデンは眠れないでいた。アリスティドは隣で眠っている。二人はふたたび愛を交わした。今回は優しく、長い時間をかけた愛の行為だった。クライマックスに達すると、アリスティドは愛の言葉を叫び、彼女も愛の言葉を返した。でも、どうしたら彼の言葉が本物だと信じられるのだろう？

アリスティドの恋人になり、そのあと妻になって、昨日でちょうど三年になった。〝愛している〟に多少なりとも似た言葉さえ、彼は一度も口にしていない。〝愛する人《アガペ・ム》〟と呼んだのも今夜が初めてだ。

彼が本気でわたしを愛していたことはあるだろうか？　これまで一緒にいた年月はなんだったのだろう？　もし彼が記憶をとりもどし、わたしに感じていたものが愛ではなかったと知ったらどうなるの？

疑問が頭のなかで渦を巻き、悲観的な予想ばかりが次々と浮かんできて、イーデンを苦しめた。

アリスティドは今になって、愛していると言うけれど、それが罪悪感から出たものだとしたら？　これまでのわたしに対する態度が褒められたものではないのはアリスティドも自覚している。ただ、男のプライドが強すぎるからか、それを口に出して認めてはいない。罪悪感から生まれた愛に永続性はあるの？　そもそも、本物の愛と言えるのかしら？

混乱していて、なにもわからない。アリスティドは以前より自分がもっといい夫になれる、と証明したがっているようだが、どうしたら彼のほんとうの気持ちを知ることができるのだろう？

彼はカサンドラを解雇しようとさえしている。実際に解雇するだろう。自分では認めていないだろうが、今のアリスティドは罪悪感によって行動しているのだろう。でも好ましいこととは言えない。

ただ、カサンドラがわたしたちの生活からいなくなるまでは、この状態でいてほしい。でも、わたしに対する態度がひどかったという理由で、彼と一緒にこれからの人生を過ごしたくはない。子供のために結婚を継続するのと同様、いやな理由だ。

月曜日の朝、アリスティドは揺るぎない決意を持って、オフィスに入っていった。

結婚して以来、カサンドラがどんな振る舞いをしていたか、昨日イーデンから聞き、カサンドラの解雇に対する迷いは消えていた。カサンドラの巧妙なあてこすりや、小細工のせいでイーデンはみじめな思いをしていた。なのに、ぼくはそれをやめさせなかった。非はぼくにある。だが、カサンドラにこれ以上、人生を毒されるつもりもなければ、彼女がイーデンを苦しめるのを許すつもりもない。

カサンドラとの話はほぼ予想していたとおりのものになった。カサンドラは仕事と地位を失うまいと嘘《うそ》とごまかしで反論してきた。しかし、アリスティドの決心は変わらなかった。

「きみは首だ、カサンドラ。きみのデスクで警備員が六カ月分の給料に相当する退職手当の小切手を持って待っている。彼にはきみを送りだすように指示してあるからね。今後はクーロス・インダストリーズの建物に入ることと、コンピューターに触れることは禁じるよ」

「本気じゃないんでしょう？　わたしを首にするな

んて、そんなことできっこないわ！」

「あいにくだが、ちがうね」

「あなたにはわたしが必要だわ。あのアメリカの尻軽女とはちがう。彼女はあなたの仕事のことをなにも知らないじゃない……ギリシア語だって満足にしゃべれないのに！　あなたのそばにいるべきなのはわたしで、彼女じゃないわ！」

「ぼくの妻のことを二度とそんなふうに呼ぶな……きみを破滅させることだってできるんだよ。そうせざるを得なくなるようなまねはしないでくれ」

カサンドラは青ざめながらも、アリスティドをにらんだ。「彼女が現れなかったら、あなたはわたしを愛するようになっていたでしょう」

「きみを愛の対象だと思ったことは一度もない」

「愛を交わしたじゃない」

「セックスをしたんだ。なんの責任もないのを互いに了解したうえでのセックスを」つかの間の情事、ただそれだけだった。現在のアリスティドにはその理由がわかっていた。カサンドラは心を持っていない。今では、計算ずくの冷たいセックスと、愛を交わすことのちがいがよくわかる。

イーデンがおこなうのは愛の行為だ。これからもそうだろう。

「よくもそんなふうに言うわね。二人とも楽しんだじゃない」カサンドラは怒りに顔を醜くゆがめた。

「わたしが大事なはずよ。わたしが必要でしょう」

「いや、必要じゃないね」

カサンドラの目から涙があふれた。だが、これまでにはなかったことだが、彼女の苦悩を見ても、アリスティドはなにも感じなかった。

出ていこうとしたカサンドラが、戸口で足を止めて振り返った。「ニューヨークにいたとき、彼女は離婚するつもりだったのよ。聖女のような奥さんからその話を聞いていない？」

壁が崩壊するように、アリスティドの頭のなかでなにかが爆発した。「嘘だ！」

「いいえ、そう思いたいでしょうけど、これは厳然たる事実。観劇に行けなくなったときの喧嘩《けんか》を聞いたわ。彼女、すごい剣幕で怒っていたけど、州北部に行く途中の車のなかじゃもっとすごかったわね」

「車のなかでぼくたちがなにを話していたか、きみにわかるはずないだろう」

「車に盗聴器を置いてあったのよ」カサンドラはイーデンのアメリカ訛《なまり》をまねて言った。「わたし、もう耐えられないの。離婚したいわ」

カサンドラはアリスティドをにらみ、オフィスを出ていったが、彼はそのことに気づいていなかった。

アリスティドの頭に様々なイメージが浮かんできていた。メトロポリタン美術館のまえで出会ったときのイーデン、初めて愛を交わしたとき……息子が誕生したとき。たくさんのイメージが脳裏に浮かんでは消えた。そして、カサンドラが言っていた州北部へのドライブ……事故が起きるまえの車中。

記憶から消えてしまった妻がいると知って以来、なぜ自分がいやな予感を覚えていたのか、このときアリスティドははっきりと知った。

アリスティドは運転手付きの車にすればよかったと思っていた。イーデンは夫婦関係について話をしたがったが、彼女の話に集中しながら、車の運転をするのは至難の業だった。

「なにを言いたいんだ？」最後の言葉を聞きまちがえたと思って、アリスティドはきいた。

「どっちかにしてほしいの。秘書をとるか、妻をとるか、どっちかひとつに決めて。両方はだめよ」

彼は悪態をつきたい気持ちを抑えた。ホルモン分泌の変化のせいか、イーデンの機嫌が悪く、昨日も大喧嘩をしている。もう喧嘩はしたくない。

彼女の口からは妊娠したと聞いていないが、ベッドをともにしていれば、なんとなくわかる。

どうして妊娠したことを話してくれないのかわからない。それとも、クリスマスのびっくりプレゼントのつもりなのだろうか？

テオを妊娠していたときのイーデンが、無分別で注意散漫だったのをアリスティドは思い出した。

「本気じゃないのはわかっているよ」

「あなたがそう断言する根拠はなに？」

「きみはぼくを愛している。些細《ささい》なことでカサンドラに腹を立てたからって、離婚まではしないよ」

「彼女がわたしたちの結婚を壊そうとしているのを些細なことだって言うの？」イーデンの声はこれまでに聞いたことがないほど冷ややかだった。

「そうは言っていない」

「でも、彼女がわたしたちの仲を裂こうとしているとは思っていないでしょう？」

「自分の言ってることをわかってるのかい、いとしい《イネカム》人？　なんか大げさじゃないかい？」

「いいえ」

アリスティドはため息をついた。「やっぱり、大げさだよ」彼はできるだけ優しい口調で言った。

すでに感情的になっているイーデンの気持ちをこれ以上、乱したくないと彼は心から思っていた。

「大げさなことなんか言っていない。あなたはぜったいにわたしの言うことを信じようとしないのね」

「公平に考えろよ。今週になるまで、きみはカサンドラについて不満を言ったことはなかっただろう。彼女が異国のギリシアできみが気持ちよく暮らせるようにしていたのもぼくはこの目で見ているんだ」

「わたしの無知を目立たせたがっていた。そういう意味でしょう」

冷静でいようと歯を食いしばったが、彼の怒りはつのる一方だった。「きみの言っていることは筋が通っていないよ」

「結婚を壊そうとしている女性を解雇してと夫に望むのは、筋が通らないこと？」

「どうしてカサンドラがそんなことをしたがるっていうんだ？」アリスティドは論点を変えてきいた。イーデンが非論理的な観点からものを見ていると気づかせられれば、ばかばかしい話を終わりにできる。

「彼女はあなたを自分のものにしたいのよ」

「彼女は社員だよ、恋人じゃない」

「以前は恋人だった。彼女はそう匂《にお》わせてたわ」

アリスティドは緊張した。慎重にしなければ。確かに、ごく短期間だがカサンドラとつきあったことがある。だが、すぐそのあとイーデンと出会い、自分にとってほかの女性は存在しなくなった。カサンドラはほかのこと同様、冷静に別れを受けとめ、心もプライドも傷ついたようには見えなかった。

「彼女がそんなことを言うはずがないよ」

「それはあなたのまちがいだわ」

「イーデン……」苛立《いらだ》たしさがつのり、アリスティドの声はとげとげしくなった。

「忘れていたわ。あなたの大事な社員について、わたしがなにを言っても信じないんだったわね」

「彼女のことをそんなふうに呼ぶな。大事な女性はきみだけだよ。たとえきみが筋の通らないことを言ったり、嫉妬《しっと》心を燃やしたりしているときでもね」

緊張を和らげようと、彼はからかうように言った。

「わたしは筋の通らないことなんか言ってないわ。自分が大事な存在じゃないってことだって、ずっとまえから受けいれてるわ」

「それはどういう意味だ？」アリスティドは怒鳴るようにきいた。怒りが爆発しそうになっていた。

「言葉どおりの意味よ。愛されていないことは結婚したときからわかっていたけど、わたしの愛でなんとかやっていけるだろうって考えていたの。考えが甘かったわ。子供のために結婚して、ベッドでの相性のよさで受けいれられているだけじゃ、充分じゃないってわかったの。つらくて、たまらないわ」

「そこまで言えば充分だろう。体調のせいなのはわかるが、見当ちがいの非難は今すぐやめるんだ」

「ここは会議室じゃないのよ、アリスティド。わたしは役員じゃないんだから、命令するのはやめて」

イーデンは黙りこみ、数秒が過ぎた。

よかった。これで落ち着いてくれるかもしれない。

「妊娠しているのを知っているのね」イーデンはぼそっと言った。喜びの響きはなかった。

「ぼくを驚かす機会を奪って悪かった。でも、知ってるよ」

「いつから？」

「朝食に焦げたトーストを食べたがるのを見て」

「それじゃ、ニューヨーク行きに誘ってくれたときには、わかっていたのね？」なぜイーデンは感情のこもらないしゃべり方をするのだろう？

「ああ、わかっていた」

「それで説明がつくわ。願っていたことが……いえ、わたしのまちがいだったわ」

「なにを願ってたんだ？」

「離れているのがいやになって、もっと一緒にいたくなったのかと思ってたの。冗談みたいな願いでしょう？」イーデンは皮肉っぽく、苦々しげに言った。

「好きできみと離れていたわけじゃないよ」

イーデンがふたたび妊娠したと知ったとき、アリスティドは彼女をギリシアに残して出張に出るのはいやだと思ったが、それは話していなかった。

イーデンは引きつった笑い声をあげた。「スーパー・ウーマンのカサンドラが一緒にいるんだもの、わたしが恋しくなるわけないわね？」

「彼女は妻じゃないよ」

「妻になりたがっているわ」

「ばかばかしい」

イーデンはなにも言わなかった。そのあと、数キロ走るあいだ、ずっと無言だった。

雨が降りだし、アリスティドはワイパーを作動させた。「もうすぐ着くよ」アリスティドはふたたび激しい議論にならないよう、用心しながら言った。

「わたしたち、別居するのが最善じゃないかと思うの」イーデンが生気のない疲れた声で言った。「わたしはニューヨークに戻ってきてもいいし、あなたがどうしても子供をギリシアで育てたいというなら、アテネの近くで別の家に住んでもいいわ。どっちにしても、訪問の取り決めをすればいいだけだわ」

アリスティドはだれかに胸を強打されたかのような感覚に襲われた。息を吐きだすことができない。彼は横を向き、本気なのか知ろうとして、イーデンを見た。内心では本気ではないことを願っていた。

イーデンの目には苦しげな決意の色が浮かんでいた。「わたし、もう耐えられないの。離婚したいわ」

アリスティドは息ができなかった。胸が痛い。数秒まえには〝別居するのが最善〟だったのに、今は〝離婚したい〟に変わっている。

アリスティドはイーデンに大声で文句を言いはじめた。だが、数秒経《た》っても反応がないので、横目を向けると、イーデンが当惑した目で自分を見ていた。

そのとき、ようやく彼は自分がギリシア語でしゃべっていたことに気づいた。アリスティドは英語でひとこと怒鳴った。「だめだ！」

だが、その言葉はイーデンの悲鳴にかき消された。アリスティドがあわてて道路に目を戻すと、一台のトラックが対向車線から飛びだし、自分たちの車線に入ってくるのが見えた。

トラックをよける時間はない。イーデンがけがをする。彼女を失うかもしれない。避けられない事態を避けようとしながら、アリスティドはイーデンをかばうように片腕を伸ばした。

意識が戻ったとき、アリスティドは道端に横たえられていた。頭が痛く、周囲から聞こえてくる音がなんなのか、よくわからなかった。

「ひどいな……血が……なにもできない……おそらく……だめだろう……」アリスティドは意識が遠のくのを感じながら、妻とおなかのなかの子供は死ぬのだろうと考えていた。

デスクのまえに座り、アリスティドは汗をかき、震えていた。

妻は事故で死ななかったが、赤ん坊は？　そういえば、昏睡《こんすい》に陥っていたときイーデンが自分に付き添っていなかったと聞いている……。夫の容態を心から心配していたわけではないからとカサンドラが言ったのを鵜呑《うの》みにしていたが、イーデンも入院していたのだ……軽い脳震盪《のうしんとう》を起こしたからだけではなく……流産したからではないだろうか？

受話器を取りあげ、ニューヨークの病院につなぐよう頼んだ。恐ろしい記憶をとりもどしたせいで、弱々しい声しか出なかった。数分後、受話器を戻したときには、全身が安堵《あんど》に包まれた。イーデンは流産していなかった。だが、彼女は今回もまた赤ん坊のことをなにも話してくれていない。なぜなんだ？

アリスティドは自分のばかさかげんにあきれて、笑いだした。

彼がイーデンと結婚したのはおなかのなかにいたテオのためだった。彼女はそう言い、それを信じこんでいた。今回、イーデンが赤ん坊のことを話さないでいるのは、結婚のいちばんの理由が自分であってほしいと願っているからではないだろうか？

よみがえったつらい記憶のなかで、イーデンは離婚を求めていた。

喉に苦いものがこみあげてきた。自分はイーデンに愛していると言ったことがないが、彼女はそれを愛していないからだと思っている。これまで一緒にいながら、イーデンはずっと自分が意味のない存在だと思いこんでいたのだ。彼女の存在こそがぼくの生きる力になっているというのに。

　愛していると口に出して言ってはいないが、どうしてイーデンにはぼくの愛がわからないのだろう？　彼女ほど必要だと思った人間はほかにいなかったし、これからもそんな人間に出会うとは思えない。

　でも、イーデンは退院後、別れようとはしなかった。それどころか、結婚生活を救いたがっているような振る舞いをしている。本気でそう思っているのか、それとも生来の優しさから出た振る舞いなのだろうか？　ぼくの記憶喪失が理由で、別れるのを遅らせているだけなのか？　記憶が戻ったと告げたら、イーデンは出ていってしまうのではないだろうか？

　昨日の夜、ぼくは愛していると言ったが、イーデンがあの言葉を信じていないのは明らかだ。彼女にとっては、二人の関係はなにも変わっていないのだろう。彼女がいまだにぼくを信用しないのも当然だ。信頼を勝ち得るようなことはしていなかったのだから。でも、カサンドラは解雇した。

　これで事態が悪化することはあるまい。

　でも、イーデンを愛していることを本人に納得させられなければ、なんにもならない。様々な可能性を考え、アリスティドはなにをすべきか決めた。だが、まずは昨日はじめた求愛を完了させなければ。

　アリスティドはふたたび受話器を取りあげた。今回、電話をしたのは花屋だった。

　イーデンは大声で笑いだしたいような気分だった。またちがう配達人が来た。

　最初に届けられたのは深紅の薔薇《ばら》でできた大きなブーケだった。添えられたカードにはこう書かれていた。〝ぼくの情熱は永遠にきみのもの〟

　そのあと毎正時に、新たな届け物があった。どれもクリスタルの花瓶に入った六本の黄色の薔薇だった。どのカードにもおなじ言葉が書かれていた。

〝黄色の薔薇は永遠の愛……これがぼくの気持ちだ〟

　アリスティドは愛していることをわたしに信じてもらおうとしているらしい、とイーデンは考えはじめた。この三年間、つらい思いばかりさせられていたけど、アリスティドは今、ほんとうにわたしを愛している……わたしとおなじくらい愛しているのかもしれない。

　四時にはベルは鳴らず、届け物もなかった。だが、四時十五分になったとき、彼が居間に入ってきた。

　イーデンはいつものようにテオと遊んでいたが、このときは廊下のほうを向いていた。わたしはアリスティドの帰りを待っていたんだわ。彼女はうれしさを感じながら、彼の顔を食い入るように見つめた。

あつらえのビジネススーツを着たアリスティドは、今までに届いたのとおなじ六本の黄色い薔薇が入ったクリスタルの花瓶を持っていた。

　帰宅したアリスティドの存在に操られるかのようにして、イーデンは立ちあがった。

　アリスティドは彼女にほほ笑みかけた。「愛する人《アガペ・ム》、きれいだよ」

　イーデンは思わず笑った。やんちゃなテオと遊んでいたので、いつもとおなじTシャツとジーンズ姿だ。きれいと言われるようなおしゃれはしていない。

　アリスティドは薔薇の入った花瓶を差しだした。

　イーデンは花瓶を受けとると、すぐに薔薇に顔を近づけて、香りをかいだ。「すてき」

「黄色の薔薇は永遠の愛だよ」

　イーデンは顔をあげた。「カードにもそう書いてあったわね」

「一本が一カ月って意味だよ」

今、持っている薔薇も入れると、ぜんぶで三十六本になる……わたしたちが出会ったのは三十六カ月まえ。「信じられないわ。言ったでしょう――」

アリスティドの人差し指が唇に押しつけられた。

「きみがどう思っていたかは知ってる。でも、それは誤解だよ、イーデン。完全にまちがっている」

彼女はアリスティドを見つめた……記憶が戻ったのだろうか？　いや、戻れば話してくれるはずだ。

「どうしてそう言いきれるの？」

「自分のことなら、わかるからだよ。以前、きみのことをまったく愛していなかったとしたら、今、これほどまでにきみを愛せるはずがない。それはぜったいに不可能なことだからね」

それが真実？　わたしは夫の気持ちを誤解していたのだろうか？　確かに、彼は〝きみを愛していない〟と言ったことはない。ただ、〝愛している〟と言ったことがないだけだ。

イーデンはそばのテーブルに花瓶を置くと、向き直って、夫の腕のなかに飛びこんでいった。「愛してくれているかってことは、もうどうでもいいの。ほんとうにどうでもいいの」

どうでもよくなかった。アリスティドは妻に記憶をとりもどしたことを告げたかった。だが、話せば彼女が去るかもしれない不安があった。まずは愛していることをわからせなくては。愛していることをなんの疑いもなく信じてもらう必要がある。彼は自分の計画が愛の証明になってくれることを願った。

その晩、ベッドに入ったとき、アリスティドはカサンドラの解雇をイーデンに報告した。「きみはぼくと離婚しようとしていたと彼女は言っていたよ」イーデンの今の気持ちを知ろうとして、彼は言った。

イーデンは青ざめながらも、うなずいた。「そのとおりよ」

「今もおなじ気持ちかい？」彼はきいた。

イーデンはからみあった自分たちの体を見つめた。

「どう思う？」

「きみは心が広いと思っている。でも、どうしてぼくの元にとどまった？」

「あなたを動揺させるなってお医者さんに言われたから。脳震盪患者には危険なことだからって。記憶にない妻に離婚を求められたら、動揺するでしょう」

アリスティドはそういう視点から考えてはいなかった。彼女が自分の元にとどまったのは心配からか。本人が望んだわけではなかったと知り、自分の不安が裏づけられたような気がした。「愛している」

一瞬、目を陰らせたものの、イーデンはうなずいて、アリスティドに長く熱いキスをした。彼女はまだ確信できずにいる。でもいずれ納得するだろう。

イーデンはふたたびアリスティドの腕のなかに戻った。「どうしてカサンドラはわたしが離婚したいと言ったのを知ってたの？」

「彼女はペン型盗聴器を車に入れておいたそうだ」

「どうかしてるわ！」

「本人は大まじめでしたことらしい。警備部に調べさせたら、彼女がニューヨーク行きの一カ月まえにインターネットでペン型盗聴器を二つ、購入していたのがわかった。家宅捜索をしたら、もうひとつは彼女のアパートメントにあったよ」

「彼女は家宅捜索を許したの？」

「拒否したら、訴えられるとわかっていたからね」

「彼女はあなたと結婚したかったのよ」

「ああ。でも、セックスと野心は愛の代わりにはならないってことがわかっていなかったんだ。彼女はぼくを愛していないし、愛したこともない。秘書以上の権力がほしかっただけなんだ。幼なじみってことで、自分にその資格があると思っていたらしい」

「やっぱり、彼女はどうかしてるわ」

「たぶんね。雇用不適格者になるな」

「今回のこと、公表するの？　マスコミがこの話をとりあげたらどうなるの？」

「ぼくの生活のなかであんなゲームをするまえにその可能性を考えるべきだったんだよ」

「ギリシア人って復讐《ふくしゅう》に執着するのね？」

「悪いおこないをすれば報いを受けるというのが父の口癖でね。父の言っていたとおり、今、カサンドラに起きていることはすべて自業自得なんだよ」

「彼女がわたしたちの生活からいなくなってよかった」

「同感だよ」イーデンが長いあいだ黙ったままなので、アリスティドは不安を覚えた。「どうした？」

「今ではなにもかもが変わったから、信じられないような気持ちなの」

「クリスマスになったら、どれほど大きな変化なのか、よくわかるよ」

　イーデンはぱっと起きあがり、問いただした。

「大きな変化ってなに？」

「クリスマスになるまでのお楽しみだよ」

　イーデンは答えをききだそうとしつこく質問したが、アリスティドは笑って、相手にしなかった。イーデンのこういう性格をかわいらしく思っていたことを思い出せるのがうれしかった。イーデンはわかっていることを知らされずにいるのに我慢がならない……なんでもすぐに知りたがる性格なのだ。

　テオがおなかにいたときも、生まれるまえに性別を知りたがったし、目や髪が何色になるか、知ろうとして、何時間も遺伝学の本を読んでいた。

　イーデンに質問をやめさせる唯一の方法は、愛の行為をすることだった。アリスティドにとって、それはなんの造作もないことだった。

12

クリスマスは一族みんなで島に行くことになったが、だれも計画の変更を気にしなかった。イーデンはアリスティドが言っていたことと関係があるのかどうか知りたがったが、彼はなにも教えなかった。セバスチャンとレイチェル、彼らの子供たち、それにフィリッパとヴィンセント。

小さな島の教会がクリスマスのために美しく飾られているのを見て、イーデンはここでクリスマスを過ごすのを一家の伝統にすればいいと思った。赤や白のポインセチア、樅《もみ》や柊《ひいらぎ》のリースがそこかしこにある。信徒席も黄金色の絹の布が掛けられ、緑と赤のビロードのリボンでアクセントをつけてある。

クリスマス・イブのキャンドル・サービスが待ち遠しい。

イブの日の朝、イーデンは窓の外から聞こえてくる音楽で目を覚ました。クリスマス・キャロルのようではない。でも、わたしはギリシアのクリスマス音楽に詳しくない。彼女はアリスティドのぬくもりを求めて、目を閉じたまま隣に手を伸ばしたが、ベッドが空なのに気づいて、顔をしかめた。

目を開けて見たが、部屋も空っぽだった。バスルームのドアは開いているが、明かりはついていない。彼はなかにいないようだ。上掛けをめくり、捜しに行こうとしかけたとき、ドアがぱっと開いた。

フィリッパとレイチェルがガーメント・バッグと靴箱を持って入ってきた。どれも白だった。レイチェルが片手に持っているブーケも白のポインセチアで作られていて、黄金色のリボンがついている。

　イーデンは奇妙な感覚に襲われた。セバスチャンが予告なしの結婚式を計画していたとレイチェルが言っていたのを思い出し、イーデンは喉がきゅっと引き締まるのを感じた。フィリッパが腕に抱えている、幾重にも重なった白いシルク生地の正体は、あれはわたしが想像したのとおなじものだろうか？

「おはよう《カリメーラ》、イーデン」フィリッパが笑みを浮かべた。「クリスマスおめでとう」

「おはようございます——いったい何事ですか？」イーデンは聞きとれないほど小さな声できいた。

「アリスティドからのびっくりプレゼントよ」

「ウエディングドレスがびっくりプレゼント？」

　レイチェルがうなずき、うれしそうに微笑した。

　イーデンの目は涙でいっぱいになった。「ああ……わたし……」

「これから結婚式を挙げるって聞いても、あなたはレイチェルほど大騒ぎしないようね」

　レイチェルは恥ずかしそうに頬を赤らめた。「わたしは金切り声をあげたのよ」

　イーデンは首を横に振った。喉がこわばっていたが、なんとか声を出した。「金切り声はあげないわ。なんだか圧倒されてしまって」

「それならいいわ」フィリッパが言った。

　そのあとの二時間で、イーデンはおいしい朝食を軽くとり、ウエディングドレスを着た。ドレスはサイズもデザインもぴったり合っていた。「妖精《ようせい》の王女さまみたい」

　ドレスには宝石がちりばめられ、何層にも重ねた玉虫色に光るシルクのスカートはふんわりと脚を包んでいる。胴着《ボディス》はイーデンの小さな胸を、すっきりときれいに見せていた。髪に編みこまれた宝石がついたリボンは、彼女に霊妙な美しさを与えていた。

　ノックの音を聞いて、イーデンは緊張した。

フィリッパがにっこりすると、レイチェルがドアを開けた。

アリスティドが立っていた。隣にはテオを抱いたセバスチャン、そのそばには彼の二人の子供もいる。だが、イーデンには夫しか目に入らなかった。白の燕尾服《えんびふく》姿で、幸せそうな表情を浮かべている。イーデンの心臓は破裂してしまいそうだった。

彼は片膝をつくと、イーデンの震える手を取った。

「イーデン・クーロス、出会った瞬間からずっときみを愛し、これからも永遠に愛します。きみも家族のまえで愛の約束をしてもらえませんか？」彼女が口を開くより早く、夫はかすれた声で言った。「ほんとうに、会った瞬間からきみを愛しているんだ」

「だけど……」アリスティドの目がこれまでとはどこかちがうのに気づき、イーデンは口をつぐんだ。

この一週間、彼はこういう目をしていたが、新たに見つけたわたしへの愛のせいだと思っていた。

「記憶をとりもどしたのね」イーデンは声をつまらせながら言った。

「そうだよ」

説明したいことがたくさんあった……あとで。

「喜んで、あなたへの愛を約束するわ、アリスティド。あなたをとっても愛している」

アリスティドの顔が安堵《あんど》に輝いた。わたしがなんと答えるかわからず、彼は不安を感じていたんだわ、とイーデンはそのとき初めて気がついた。それなのに、みんなのまえで質問したのだ。

アリスティドは立ちあがって、片手を差しだした。イーデンがその手をつかむと、アリスティドは彼女を導いて、教会へ向かって歩きだした。道には何十人もの人々が並んでいた。いくつもの知った顔を見て、イーデンはクーロス家とデュマキス家の人々の多くがこのために島に来ていることを知った。

彼らは教会の外で足を止め、二人がひとつの杯から酒を飲む儀式を見ると、一緒に教会に入った。

アリスティドがかぶせてくれたティアラは、ダイヤモンドとイーデンの好きなトパーズで飾られていた。アリスティドがかぶった簡素で古そうな冠を見て、イーデンはそれが彼の両親の結婚式の写真で見た冠なのに気がついた。アリスティドの父親がフィリッパと結婚するときにかぶった冠だ。イーデンはわけもなくうれしくなり、にっこりと微笑して、涙でかすんだ目でアリスティドを見つめた。だが、今回は目をしばたたいて涙を隠そうとはしなかった。

式は美しかった。以前、アリスティドから聞いていたとおり、忠誠を誓う言葉はなかったが、アリスティドの目のなかにその約束を見て、イーデンはおなじ気持ちを感じながら受けいれた。

披露宴は盛大で、にぎやかに進行し、ダンスや様様な祝賀の儀式がおこなわれたあと、クリスマス・イブのキャンドル・サービスで締めくくられた。

客たちが帰り、アリスティドとイーデンが寝室に入ろうとしたときには、夜もだいぶ更けていた。

「いつ記憶をとりもどしたの？」アリスティドは彼女を抱きあげて寝室に入った。彼がイーデンを抱いたまま椅子に座ると、彼女はきいた。

「カサンドラを解雇した朝に」

たくさんの薔薇《ばら》をプレゼントして、ずっとわたしを愛していたとアリスティドが言った日だ。「どうしてすぐに教えてくれなかったの？」

「そのまえに愛しているってことをきみに納得してもらいたかったんだ」

「でも、どうして？」

「事故のまえに離婚したいって言ってただろう。記憶が戻ったら、きみが再度、離婚を求めてくるかもしれないと思っていたんだよ」

「ばかげているわ！　なんでわたしが今さら離婚し

たがるの？」

「あのときにはきみが離婚したがる理由がわからなかったからだ」苦しげなアリスティドの声を聞いて、イーデンはあの運命の日の会話を思い出した。

「今はわかっているの？」イーデンはきいた。

「わかっている。だけど、ぼくがきみを愛していないだなんて、よくそこまでの誤解ができたね？」

イーデンにはそんな質問をする彼が信じられなかった。「あなたはなにも言ってくれなかったわ」

「うっかりしてたというか、無神経で悪かった。でも会えたときはいつも、体できみを愛していた。きみもそうしてくれていただろう。ぼくは理性を失うくらいきみに夢中になってた。きみにもわかってると思っていた。つきあっていたとき、安眠なんかできなかった。だから会議を欠席したり、予定を変更したり、できるかぎりのことをして、ニューヨーク州北部にいるきみに会いに行っていたんだ」

「あなたが忙しいなか、そんな無理をしてまでわたしと会っていたなんて、知らなかったわ」

「ぼくは大企業のトップだよ。あのころ、ぼくが毎週末きちんと休みをとれたと思っていたのかい？」

「考えていなかったわ……」それは真実ではなかった。

それは最初に考え、自分はアリスティドにとって大切な存在なのだろうと解釈していたのだ。だが、父のスケジュール管理をして、ある程度わかっていたとはいえ、自分と会うためにアリスティドがそこまで犠牲を払っていたのには気づいていなかった。

「ぼくはきみと結婚したんだよ、イーデン……それになんの意味もないと思っていたのかい？」

「結婚したのはテオのためでしょう」

「ぼくがいつそんなことを言った？」

「わたしが妊娠したと言うまで、あなたは結婚しようとは言わなかったわ」

「でも、きみを愛していなかったら、プロポーズしていなかったよ。あのときは愛を意識していなかったかもしれないけど、でも愛していたんだ。大叔父の結婚を見ていたから、危険な感じが少しでもしていたら、結婚しなかっただろう」アリスティドは微笑した。「きみがまた突飛なシナリオを作りださないうちに言っておくけど、今日、式を挙げたのは今度生まれてくる赤ん坊のためじゃないからね」

「思い出したの？」

「記憶はぜんぶ戻ったんだ。でもニューヨークの病院に電話して確かめるまでは、気をもんだけどね」

アリスティドはイーデンの腹部に手を当てた。「二人目を妊娠したのをうれしく思っているよ」

「適当な間隔を置けなかったけど、それはいいの？」イーデンはからかうように言った。

彼は一瞬、ぽかんとしたが、すぐになんの話か気づいた。「そんなこと、気にしていないよ」

アリスティドが赤ん坊のことも思い出したのがわかって、イーデンはうれしかった。

「今日の結婚式が子供のためじゃないのは認めるわ」イーデンは笑顔で言った。

「ぼくがきみを愛しているってことも？」

「だったら、どうしてわたしをギリシアに置いて、年中、出張に出かけていたの？」

彼の頬が少し赤くなった。「しかたなかったって言いたいところだし、実際そういう場合もあったけど、妊娠中のきみが旅行することが心配だったんだ……最初はつわりがひどかっただろう。そのあとは、赤ん坊が心配だった。セバスチャンは結婚するまえから出張をぼくに任せたがっていたしね」

「そういう理由にしておきたいのね……」イーデンにはそれだけではないのがわかっていた。

「ほんとうのことを言えば、ぼくがばかだったってことになるかな。きみが言ったとおり、結婚の責任に対する覚悟が完全にはできていなかったんだ。でも、きみが考えているような理由からじゃない。きみに対する道義は初めて愛を交わしたときからちゃんと守っていた。きみはほかのだれよりも強力にぼくを支配する力を持っているのが理由だよ」

「でも、あなたは自分ですべてをコントロールするのに慣れている」

「そのとおり」

「どうしてわたしと離れていればうまくいくと考えたの？」

「きみに頼りすぎずにいれば、その事実を隠しておけると思ったんだ。つきあっていたときにはじまって、結婚してからも、そう考えて行動したんだ。でも、出張に出かけるたびにつらさが増して、うちに帰りたい気持ちがつのるばかりだった。きみも出張の期間が短くなっていたのに気づいていただろう」

「愛してもらえないというみじめな気持ちでいっぱいだったから、わからなかったわ」

「しょっちゅう電話しただろう。ぼくがほかの女性にそんなことをすると思うかい？　母にだって、そんなにいつも電話をかけないよ」

彼女はほほ笑んだ。「何度も電話をするのが生涯の愛の証明だなんて、考えもしなかったわ」

「考えるべきだったね」

イーデンは笑いだしそうだったが、彼は大まじめのようだ。「でも、家族に紹介してくれなかったわ」

今回、彼ははっきりと顔を赤らめた。「母や兄がきみを知って、つきあうなと言われるのが怖かった」

「わたしはあなたにふさわしくないってこと？　ギリシア人じゃないから？」

「ぼくたちと一緒に十分もいれば、ぼくが結婚を見越して、きみとベッドをともにしていることが、だれの目にも明らかだったからだ。母は恥ずかしい思いをしただろう。きみは兄がレイチェルに夢中になっていたときの母を見ていないからね。たいへんだった。最初、ぼくは結婚の覚悟ができていなかったが、そのあとはきみをぼくのものだけにしておくことで満足していた。結婚すれば、家族だけじゃなく、ほかのみんなときみを共有することになるし、家族に紹介したら、すぐに結婚しなきゃならなかった」

「それって――」

「身勝手きわまりない、だろう」

「すてきって言おうとしてたのよ」

彼は少しリラックスしたようだった。「きみがそう見てくれてうれしいよ」深く息を吸いこむ。「病院に電話して、ルイス先生と一時間以上話をした。どうしてきみの記憶を失ったか、理由もわかったよ」

アリスティドは優しく自分を抱いているし、心も怖がる必要はないと告げている。でも、やはり怖い。

イーデンはきいた。「どうしてだったの？」

「事故のあと、道路の端に寝かされているとき、意識が戻ったんだ。ぼうっとしてはいたけど、救命士がなにもできない、だめかもしれないと言うのを聞いて……ぼくはきみが死んだと思ったんだ」

「あの人たち、赤ん坊のことを話していたのよ」

「ルイス先生もそう言っていた」

「どうしてアダムが知ってるの？　先生は事故現場にはいなかったわ」

「救急隊員の報告で推測したんだろう」

「なるほど……」

「あいつのことをアダムって呼ぶなよ」

彼女は笑いを押し殺した。「アメリカの医師はギリシアの医師みたいに堅苦しくないのよ」

「それはわかっている」

「それで、あなたはわたしが死ぬと思ったから、わたしのことを忘れたの？」

「離婚話が心の傷になったのと、きみが死ぬと思ったせいで、自己防衛のためにぼくの心が忘れることにしたとルイス先生は考えている」

「車のなかでわたしが言ったことを先生に話したの？」

「ああ。ぼくが記憶喪失の原因を知りたがると、先生は事故のまえのことを話してくれって言ってね」

「ああ、わたしをほんとうに愛していたのね」

「きみのいない人生なんて考えられなかった……今だって、それはおなじだよ」

「それを言ってくれれば、よかったのに」

「これからは一日に百回だって言うよ」

二人は微笑した。イーデンは自問せずにはいられなかった。どうしてわたしは愛が存在しないと思いこんでいたのだろう？

「父が浮気をしていた話を覚えているでしょう」

「ああ。家族思いの父親でもなかったんだろう。いつも仕事を最優先にしていて」

「あなたもおなじだと思ったの。今は、あなたのことを偏見の目で見ていたのがわかるわ」

「ぼくはきみのお父さんとはちがうよ」

「ええ、正反対だわ。愛していると言ってくれなかっただけ」

「ぼくが愛していると言わなかったせいで、不安になっていたんだね」

イーデンは幸せに潤んだ目で夫の目をのぞきこんだ。「ごめんなさい、浮気をしたと責めたりして」

「初めに愛していると言わなくて、悪かった。でも、これからはちがうからね」

「ええ、二人ともっと大人にならないと」

「これからはずっと愛し合うんだよ」彼は妻にキスをして、愛の誓いを二人だけの方法で確かめ合った。

クリスマスの日、最初にプレゼントを開けたのは子供たちで、彼らはすぐに新しい玩具《おもちゃ》で遊びはじめた。色鮮やかな包み紙が散乱するなか、大人たちもプレゼントを開けた。

イーデンはアリスティドからのプレゼントを開けたが、それがなにを意味しているのかわからなかった。「あなた、わたしのために飛行機を買ったの？」

アリスティドは笑って、首を横に振った。「会社の飛行機の一機を家族旅行用に改装したんだ」

イーデンは飛行機の写真をじっと見て、息をのんだ。「出張のときも、いつも一緒にいられるのね？」

「いや、臨月のときだけはだめだよ」

妊娠のニュースに家族から歓声があがった。夫婦はテオの昼寝のときまで二人きりになれなかった。テオを寝かしつけるイーデンに、アリスティドが腕をまわした。「ぼくたちは家族だよ、愛する人《アガペ・ム》」

「愛情いっぱいの家族ね」

子供部屋を出ると、イーデンはアリスティドに誘われるまま、小さな教会へ行った。

二人は蝋燭《ろうそく》が灯《とも》された祭壇のまえに立った。

アリスティドはイーデンのほうへ向き直った。

「きみと出会ったあとのクリスマスのとき、ここに来て、妻になる女性と出会えたことを神に感謝したんだ」

イーデンは口を開けたが、なにも言えなかった。

アリスティドは彼女にキスをした。

「出会って数日しか経《た》っていない計算になるわ」

「そうだよ」

「そのときから結婚したいと思っていたの？」

「思っていた。ぼくはまちがったことをたくさんしたけど、でもぼくの愛だけは疑わないでくれ」

「もう二度と、あなたのことを疑わないわ」

クリスマス飾りのときわの木の香りが漂う祭壇のまえで、彼はイーデンを抱き寄せ、唇を重ねた。

ハーレクイン®

ハーレクイン・ロマンス　2006 年 11 月刊（R-2151）

ギリシアの聖夜

2024 年 12 月 5 日発行

著　　者　　ルーシー・モンロー
訳　　者　　仙波有理（せんば　ゆり）

発 行 人　　鈴木幸辰
発 行 所　　株式会社ハーパーコリンズ・ジャパン
東京都千代田区大手町 1-5-1
電話 04-2951-2000（注文）
0570-008091（読者サービス係）

印刷・製本　　大日本印刷株式会社
東京都新宿区市谷加賀町 1-1-1

造本には十分注意しておりますが、乱丁（ページ順序の間違い）・落丁（本文の一部抜け落ち）がありました場合は、お取り替えいたします。ご面倒ですが、購入された書店名を明記の上、小社読者サービス係宛ご送付ください。送料小社負担にてお取り替えいたします。ただし、古書店で購入されたものについてはお取り替えできません。®とTMがついているものは Harlequin Enterprises ULC の登録商標です。

この書籍の本文は環境対応型の植物油インクを使用して印刷しています。

ISBN978-4-596-71681-1 C0297

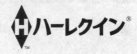